온후 판타지 장편소설

WISHBOOKS FANTASY STORY

전장의 화신

전장의 화신 10

온후 판타지 장편소설

초판 1쇄 찍은 날 | 2018년 1월 25일
초판 1쇄 펴낸 날 | 2018년 2월 1일

지은이 | 온후
펴낸이 | 예경원

기획 | 위시북스
편집책임 | 이규재
편집 | 이즈플러스

펴낸곳 | 예원북스
등록번호 | 제396-2012-000132호
등록일자 | 2012. 7. 25
KFN | 제1-208호

주소 | 경기도 고양시 일산동구 호수로 646-24 위너스21 II 빌딩 206A호 (우)10401
전화 | 031-819-9431 팩스 | 031-817-9432
E-mail | yewonbooks@naver.com

ⓒ온후, 2017

ISBN 979-11-6098-758-4 04810
       979-11-6098-099-8 (set)

온후 판타지 장편소설

WISHBOOKS FANTASY STORY

전장의 화신

10

전장의 화신

CONTENTS

54장
늪주

샤르-샤쟈르의 번개는 결국 그를 지키지 못했다.

본모습을 드러내고 맞상대를 하였으나 무영의 진실된 상대는 못되었던 것이다.

한마디로…… 무영은 실망하고 말았다.

물론 샤르-샤쟈르가 완전무장을 했을 때엔 위험한 순간도 있긴 있었다.

하지만 그것은 거의 '권능'에 가까운 힘이었고, 때문에 오랜시간 사용하지 못했다.

결국 10여 분 가량을 견디자 스스로 무장을 해제하며 약점을 노출하게 된 것이다.

덕분에 무영은 자신의 위치를 어느 정도 알게 되었다.

샤르-샤쟈르는 나름 상급의 마왕이다. 그가 무영의 상대가 되지 않는다는 건 무영의 무력이 어지간한 마왕의 위에 있다는 것이 된다.

'엔로스라면 어떨까.'

마왕의 정점이라 불리는 자.

아마도 샤르-샤쟈르가 죽은 순간 그는 알아차렸을 가능성이 높고 어쩌면 이미 움직이며 무영을 향해 위험을 드러내고 있을지도 모른다.

하지만 무영은 그보다 빠르게 움직일 작정이었다. 샤르-샤쟈르를 직접 죽임으로써 오히려 더 많은 시간을 번 셈이었다.

또한, 엔로스라면 무영의 충분한 상대가 되어줄 것이다. 어찌 됐건 그는 샤르-샤쟈르 따위와는 비교가 안 되는 강력한 존재이므로.

〈마왕, '샤르-샤쟈르'를 사냥했습니다.〉

〈'마왕의 결정화'를 획득했습니다.〉

〈정의집행! 모든 능력치가 3 상승합니다.〉

〈샤르-샤쟈르는 마왕 서열 49위에 있는 자로서 그 위용이 하늘을 찌릅니다. 그의 번개는 수많은 생명을 앗아갔으나, 사용자 '무영'에 의해 처단되었습니다.〉

〈히스토리에 '마왕 사냥'이 추가되었습니다.〉

〈스킬 '27군단의 마왕'의 랭크가 S로 상승합니다.〉

길지도, 짧지도 않은 문구가 무영의 눈을 어지럽혔다.

그중 눈에 띄는 건 악마의 스킬을 손에 넣을 수 있는 결정화를 얻었다는 것이었다.

어쩌면 샤르-샤자르의 번개와 관련된 스킬을 익힐 수 있을지도 몰랐다.

번개와 불은 상성이 꽤 좋으니 도움이 될 터.

'27군단의 마왕이라.'

한동안 잊고 있었다.

'27군단의 마왕'이란 스킬은 무영이 푸른 사원에서 얻고, 지금까지 진행 중인 일종의 퀘스트와 같았다. 그레모리의 부탁을 들어줘야 랭크가 오를 줄 알았는데 그건 아닌 모양이었다.

최초로 마왕 샤르-샤자르를 잡아 멈춰 있는 랭크가 올랐다.

무영은 상태창 시계를 돌려서 스킬의 현황을 확인했다.

스킬 명칭: 27군단의 마왕(S)

설명 - 27군단의 마왕이 될 자격. 그레모리는 본래 26개의 군단을 소유하고 있다. 26개의 군단은 모두 마왕이 지휘하며 그들 하나하나가 전율스러운 힘의 보유자이다.

＊＊＊첫 번째 발걸음. 모든 순수 능력치가 5씩 상승한다.

＊＊＊두 번째 발걸음. 모든 순수 능력치가 10씩 더해지며 휘하의 모든 군세에게 '넘치는 힘' 효과를 부여한다.(넘치는 힘 - 쉽게 지치

지 아니하며, 힘과 체력이 10씩 상승한다.)

　＊＊＊마지막 발걸음 – ???

도합 15의 순수 능력치가 스킬 하나로 더해진 것이다.

'넘치는 힘.'

하지만 능력치의 상승보다 주목해야 할 것은 뒤에 붙은 효과였다.

대규모로 힘과 체력을 한번에 10이나 상승시켜 주는 효과는 좀처럼 없다. 어지간한 강인한 효과보다 낮다고 할 수 있었다.

그리고 마지막 발걸음. 아마도 특정 행동을 하면 마지막 발걸음의 효과가 해제되며 진정으로 '마왕'의 길을 걷게 된다는 뜻일 것이다.

그리고 그것은 그레모리와 연관되어 있을 가능성이 높았다. 어쩌면 균열의 파편 세 개를 모으면 봉인된 마지막 효과가 풀릴지도 모르고.

겨우 일 보.

조금만 있으면 마신들의 싸움에 참가하게 된다.

그 자격을 손에 넣고, 그들을 휘두르며 멸하리라.

츠즈즈즈. 수아아아악!

때마침 샤르–샤쟈르의 생명이 꺼짐과 동시에 모든 번개가 증발했다.

하지만 마치 잔불처럼 약간의 전류가 신체에 남아 있었다.

무영은 샤르-샤쟈르의 시체를 두고 고민했다.

마왕 정도의 급을 '언데드'로 만든 일은 없었다. 죽음의 예술은 만능과 같았지만, 그렇다고 완전한 만능은 아니었다. 상대의 격이 높거나 한계 이상으로 많은 무리를 한 번에 언데드로 만들면 무영의 몸에 부하가 온다.

하지만.

'그대로 넘기기엔 아깝다.'

마왕을 언데드로 만든다니!

어느 누가 그런 발상을 해봤겠는가. 아니, 상상은 할 수 있지만 상상으로 넘어가는 일이 대부분일 것이었다.

그런데 무영은 상상을 현실로 만들기 직전에 있었다.

마왕을 언데드로 만들어 그 숫자를 늘려간다면.

샤르-샤쟈르가 언데드가 되거든 엔로스를 파악하는 데에도 도움이 될 터였다.

무영의 마음은 이미 한쪽으로 쏠렸다.

'죽음의 예술.'

손을 들고 샤르-샤쟈르를 향해 죽음의 예술을 행하자, 검은 기류가 흘러나와 그의 몸을 순식간에 감쌌다.

하지만 검은 기류는 좀처럼 샤르-샤쟈르의 신체에 침투하지 못했다.

이유는 간단했다.

아무리 시체가 되었대도 그 '격'만큼은 남아 있는 법.

비록 무영이 일곱 기의 본 드래곤을 만들었지만 샤르-샤쟈르를 어지간한 용과 비견을 할 수 없다.

무영은 참을성 있게 기다렸다.

죽음의 예술. 그 기운은 이미 무영과 닮아 있었다. 데스 로드에게 받은 스킬이지만 수많은 시행착오를 거치며 무영의 색깔을 띠게 된 것이다.

항상 더 강한 적과 싸워왔기에 마왕이라고 언데드로 만들지 못할 것이란 생각도 들지 않았다.

다만, 시간이 걸릴 뿐.

이윽고 모든 악마와의 싸움이 끝나자 불타르들이 하나둘 모여들기 시작했다.

그들은 무영의 어깨에 나 있는 숫자를 보았고, 임시 대족장이었던 야타르의 시체를 보았으며 또한 샤르-샤쟈르를 향해 무언가가 침투하고 있는 것을 느꼈다.

"쉿."

"의식을 하고 있는 건가?"

"건들면 안 된다."

불타르들은 숨을 죽였다. 그리고 무영이 하는 것을 가만히 지켜보았다.

야타르가 죽었으나 불타르는 신의를 아는 종족이다.

무영의 어깨에 새겨진 127이란 숫자가 무엇을 의미하는지 모를 리 없었다.

약속대로 무영은 불타르들을 이끄는 차기 대족장이 된 것과 같았다.

이는 불타르들의 역사에서 한 번도 없었던 일이지만, 무영은 몇 차례 불타르들을 도운 적이 있는 데다 강한 전사였다.

지금 같은 전쟁의 시기에 강한 전사는 언제나 대우받는 법이었다.

물론 오가르라는 적통이 남아 있는 이상 해결해야 할 문제가 많지만 그들은 오가르와 무영의 관계 또한 알고 있었다.

그러니…… 존중한다. 대족장이 무언가를 행하고 있다면, 그들은 그것을 조용히 지켜볼 뿐이었다.

'되는군.'

30분 가량이 더 지나자 무영의 입꼬리가 살짝 올라갔다.

무영의 생각대로 검은 기류는 조금씩 샤르-샤쟈르의 신체를 좀먹어갔다.

결국 불가능하진 않았던 것이다.

벽에 틈이 생기면 그 다음은 일사천리와 같았다. 샤르-샤쟈르의 신체 곳곳으로 검은 기류가 흘러들어갔고 곧이어 긴 글귀가 무영의 눈앞에 떠올랐다.

〈마왕 샤르-샤쟈르는 번개를 다루는 마왕입니다. 수많은 전쟁에서 수많은 적을 죽였으며 마왕 엔로스와 마신 아몬을 따르는

추종자이기도 합니다. 그의 번개엔 아몬의 수호가 함께 깃들어 있습니다.〉

〈마왕 '샤르–샤쟈르'의 언데드화가 진행 중입니다.〉

〈성공했습니다! '샤르–샤쟈르'가 완성되었습니다.〉

〈예술 점술 99점! 데스 로드조차 경악합니다. 마왕의 격을 언데드로 담는 것은 본래 불가능에 가까운 일입니다.〉

이름: 샤르–샤쟈르

레벨: 620

성향: 어둠

힘 620 민첩 615

체력 550 지능 673

지혜 673 마법 저항 600

마속성 670 번개의 가호 650

+찔러 죽이는 번개의 창, 형상 변화–번개검, 번개의 벽, 번개 폭풍 스킬 사용 가능.

+**마왕의 권능–번개 수호자**(번개를 다루며, 그 힘을 무구로서 표현 가능.)

샤르–샤쟈르가 다시금 몸을 일으켜 세웠다.

그러자 불타르들은 견제했지만 곧이어 이어진 무영의 행동을 보곤 고개를 갸웃할 수밖에 없었다.

무영은 샤르-샤샤르의 아무렇지도 않게 전신을 살피고 만지며 잠시 생각에 잠긴 것이다.

'괜찮군.'

여태껏 만든 어느 언데드보다도 강력했다.

600레벨이 넘어가다니.

무영보다 낮은 수치라고는 해도, 이만한 언데드를 만들어 냈다는 게 중요하다.

한 번이 어렵지 두 번은 쉬운 법.

하지만 이지는 그리 강하게 느껴지지 않았다. 이미 한 번 죽은 시체에다가 결정화까지 내뱉어서 그런지 조금 굼떠진 느낌이었다.

무영은 어깨를 으쓱하며 검은색 구슬을 손에 들었다.

결정화다. 그것도 마왕에게서 나온 결정화였다.

거리낌 없이 입으로 털어넣자 전류가 흐르듯 무영은 몸을 한 차례 떨었다.

〈'마왕의 결정'을 섭취했습니다.〉

〈'번개의 힘'을 손에 넣었습니다.〉

〈'거룩한 불꽃'이 '번개의 힘'을 흡수합니다.〉

〈'거룩한 불꽃'의 랭크가 S에서 S++로 상승합니다.〉

거룩한 불꽃 자체가 여러 가지 스킬을 조화롭게 조합해서 만든 것이었다. 아마도 여기에 번개의 힘이 더 도움이 된다고 판단을 한 듯싶었다.

거룩한 불꽃은 무영이 가진 가장 순수한 힘 중 하나였으니 그 랭크가 올라서 나쁠 건 전혀 없었다.

무영은 고개를 돌렸다.

주변으로 모여든 불타르들이 오로지 무영만을 바라보고 있었다.

"지금 이 시간 부러 나는 이곳의 지배자가 되었다. 이의 있는가?"

"샤르−샤쟈르는 죽은 게 아닌가?"

"맞다. 하나 내가 죽음에서 불러왔다. 그는 이제 나의 노예다."

"우리는 약속했다. 약속을 했으면 지켜야 한다. 하지만 우리에겐 아직 소족장 오가르가 남았다. 만약 오가르를 구한다면 우리는 진정으로 너를 따를 것이다."

불타르들의 의견이 일치했다.

오가르. 무영 또한 가만히 이 문제를 덮고 넘어갈 생각은 없었다.

"좋다. 즉시 오가르를 구하러 가마."

무영이 거침없이 움직였다.

그 뒤를 불타르들이 따랐다.

남은 악마들을 처리하는 건 쉬운 일이었다.

샤르-샤쟈르를 본 순간 악마들은 싸울 생각을 전혀 못했고 샤르-샤쟈르가 적으로 돌아섰다는 걸 알게 되자 아예 전의를 상실해 버린 것이다.

도망치는 악마를 사냥하는 것만큼 간단한 일은 없다.

그렇게 오가르를 구했지만 오가르의 상태는 정상이 아니었다. 전신에 새겨진 끔찍한 상처들. 살아 있지만 정신을 잃었다. 그가 얼마나 많은 고문을 당했는지 알 수 있는 대목이었다.

하지만 상처의 치료 자체는 간단했다.

무영이 가진 '신성한 축복'은 신체에 새겨진 모든 상처를 단번에 해결해버린 것이다.

"무영…… 돌아왔구나."

오가르는 깨어나자마자 무영을 알아봤다. 그의 정신은 견고했고, 샤르-샤쟈르의 고문에서 그 정신을 무너뜨리지 않은 모양이었다.

그는 무영이 불타르들을 이끌게 되었다는 사실을 듣고 묘한 표정을 지었지만, 곧 납득했다.

오가르는 불타르의 왕국을 세우겠단 꿈이 있었지만 악마들과의 전쟁을 끝내지 못하면 그 모든 걸 이룰 수 없다는 걸 알았다.

"엔로스가 곧 이곳까지 치고 올 것이다."

"엔로스? 들어본 적이 있는 마왕이구나. 그렇다면, 내 이름을 빌려주마. 다른 불타르 부족들을 통합하는 데 도움이 될 것이다."

오가르의 협력 또한 얻었다.

그가 무영을 돕겠다고 천명한 순간, 하루에 수백의 불타르가 대열에 합류하였다.

'엔로스보다 먼저 움직여야 한다.'

엔로스가 무영에게 당도하기 전에 무영이 먼저 엔로스에게 당도해야 한다. 같은 결과지만 과정에 따라 엄청난 차이가 날 것이었다.

하지만 그러기 위해선 최대한 병력을 끌어모을 필요가 있었다. 그런 무영의 고민을 알아챘다는 듯 오가르가 말했다.

"그리고 늪지대에서 살아가는 '늪주'들은 도움이 될 것이다. 그들은 매우 강하지만 좀처럼 모습을 보이지 않지. 하지만 너라면 찾을 수 있을 것이다. 찾아가 봐라."

'늪주?'

무영도 처음 듣는 이름이었다.

그러나 오가르가 거짓을 말할 리는 없었다.

그가 인정할 정도의 강함이라면 불타르와 대등하거나 그 이상의 힘을 지녔다는 뜻.

'엔로스.'

철의 마왕 엔로스. 무영은 그를 공략하기 위한 준비를 시작했다.

　요정들은 집이 없다.
　자신들의 세계가 없다는 의미다.
　물론 그들은 어떠한 생명체들처럼 행성을 기반으로 살아
가지 않는다.
　물질계가 아닌 정신계.
　예컨대 정령계처럼 자신에게 맞는 그러한 '세계'가 있어야
만 그들은 본래 살아갈 수 있었다.
　자신들의 세계가 없으면 제한 된 시간을 살아가고 그대로
소멸을 맞이하게 되는 것이다.
　하여 요정들은 다시금 자신들의 세계를 만들고자 솔로몬
과 계약을 맺었다. 시련을 만들고 대신해서 조금씩 이상향을
받아가기로 말이다. 그리고 요정은 자신이 관리하는 시련에
대해 모든 걸 파악하고 있었다. 파악할 수 있었다.
　우히 또한 마찬가지였다.
　무한의 전장. 도합 127층까지만 만들었던 그곳에서 신호
가 도달했다.

　〈사용자 '무영'이 무한의 전장 127층을 돌파했습니다.〉
　〈더 이상 시련이 존재하지 않습니다. 완벽하게 파훼된 시련은
30일 이후 폐기됩니다.〉

누군가가 시련을 완전하게 돌파했다.

우히는 그 이름을 본 순간 눈을 부릅뜰 수밖에 없었다.

'무영!'

그 두 글자를 우히가 잊었을 리 없었다. 한참을 찾던 이름이지 않은가.

우히는 성 아래에 위치한 호수에서 몸을 일으켰다. 이어 계단을 오르자 우중충하고 어둡기 짝이 없는 내부가 시야에 들어왔다.

하지만 우히는 이곳을 제집처럼 드나들었다.

중간중간 보이는 괴물들 역시 우히를 신경 쓰지 않았다.

성 아래의 호수는 우히가 태어나고 자란 장소.

우히는 무영을 잃어버린 뒤 이곳으로 다시 돌아왔다. 희미해져 가는 자신의 존재력을 회복하고, 더불어 '정보'를 얻기 위함이었다.

"어머, 우히 왔구나?"

"엄마!"

또한 요정은 부모가 없다. 사실상 자연 자체가 부모라고 할 수 있었다. 그들은 아주 오랜 시간 바위에서, 이끼에서, 작은 풀 따위에 의존하며 잉태된다.

하지만 우히는 한 요정에게 엄마라 부르길 주저하지 않았다.

"그이가 돌아왔어요. 우히의 시련을 깼대요. 다시 돌아가야 해요."

"다시 돌아간다고? 그냥 여기 있지 않고?"

"안 돼요. 디아블로를 혼내주려면 우히가 필요하잖아요."

우히가 강력하게 자신의 의견을 피력했다.

또한 우히가 디아블로를 언급한 것도 여기선 그다지 이상한 일이 아니었다.

이곳은 본래의 디아블로가 존재하던 세계…….

디아블로는 이세계의 마신이었고, 그 이세계는 바로 우히가 본래 살아가던 세계를 뜻했다.

요정들은 자신의 세계를 잃은 대신 이처럼 다른 세계에서 기생하듯 살아가곤 했으므로.

우히가 엄마라고 부른 요정이 아쉽다는 표정을 지어 보였다.

"우음……. 우히가 없으면 많이 심심할 텐데."

"아빠한테 놀아 달라고 하세요. 우히는 갈 거예요."

"그러고 보니 아빠가 네게 건네줄 게 있다고 하더구나."

"저한테요?"

"그래, 이곳을 나가서 왼쪽 네 번째 방에 계실 거란다. 한번 뵙고 가렴."

"네에."

우히는 짧게 인사를 하고 방을 나섰다.

이곳은 성의 최상층. 가장 강력한 괴물들이 즐비한 곳.

우히가 무영을 무서워하지 않았던 이유다.

별의별 무서운 괴물들을 보아오며 살아왔기에 이런 쪽과 관련해선 제법 내성이 있는 편이었다.

"하나, 둘, 셋, 넷!"

우히는 네 번째 방에 도착했다.

이어 문을 통과하자 왜인지 앞으로 나아가지 않았다.

"응? 이게 뭐야?"

이에 의아해하며 고개를 돌리자, 문에 붙은 끈끈이 같은 게 우히의 날개에 붙어 있었다.

요정은 실체가 애매해서 물질적인 접촉은 통하지 않지만 마법적 처리가 된 물건들에 의해선 영향을 받기도 한다.

"이히히히히히."

"씨이!"

우히는 즉시 자신을 낚은 게 누구인지 알아차리곤 볼을 부풀렸다.

"이히히히힛. 나한테 벗어날 수 있을 거 같아?"

"엄마! 장난하는 거 아니라니까요. 우히는 빨리 가야 해요. 디아블로, 그 못된 괴물을 혼내줘야 한단 말예요."

우히는 진심이었다.

이토록 진지한 걸 본 적이 없을 정도로.

결국 엄마라 불린 요정도 웃음기를 지울 수밖에 없었다.

"디아블로가 얼마나 위험한지 아니?"

"그래 봤자 아빠한테 한 번 졌다면서요?"

"그건 엄청 옛날 일이구. 하여간 디아블로는 위험하단다. 그 후손도 얼마나 위험한데!"

"그거 둘째 엄마 얘기 아녜요?"

"여하튼 안 돼! 그 무영인지 나발인지 어떻게 내 딸을 꾀었는지 모르겠지만, 세상에 남자는 많아요."

"아빠를 닮았어요."

"뭐?"

"낭군님은 아빠를 닮았어요. 하지만 아빠보다 더 듬직해요."

우히는 여태껏 무영에 대해 그리 많은 말을 하지 않았다. 특히 이곳에선 말이다. 괜한 질타를 받을 게 뻔했기 때문이다. 요정이란 종은 원체 장난기가 많아서 진지해지질 못한다.

우히가 이처럼 진지한 것 역시 처음이었다.

"그럼…… 이걸 받으렴."

"이게 뭐예요?"

향수였다. 작은 병에 몇 방울의 액체가 들어 있었다.

"소원을 들어주는 물방울이란다. 제한 시간이 있긴 하지만 짧은 꿈을 꿀 수 있을 거야. 그 이후에도 우히 너의 마음과 그의 마음이 한결같다면, 나도 인정해 줄게."

그녀가 손을 휘저었다.

그러자 작은 문이 생겨났다.

그녀는 요정 여왕이었으니, 세계 간의 문을 여는 일이 생각처럼 어렵지는 않았던 것이다.

"가렴. 아, 참고로 네 아빠가 세상에서 제일 듬직하단다."

"아니거든요!"

우히가 재빨리 문을 향해 몸을 던졌다.

저 요정 여왕의 변덕은 우히가 제일 잘 알고 있었다. 언제 마음이 또 바뀔지 몰랐다.

그리고 우히가 문을 넘자, 요정 여왕은 한숨을 내쉬었다.

"디아블로, 결국 세계 간의 불간섭을 깨셨군요. 그 알량한 자존심 때문에……. 이젠 저도 더 이상 도와드릴 수 없답니다."

구출을 위해 오가르만을 구한 게 아니다.

아랑드. 엘프 검사이며 실력자인 그 역시 오가르와 함께 갇혀 있었다. 영지의 제일가는 실력자이고, 또한 무영의 열렬한 추종자이기도 하였다.

과거 지하 투기장에서 무영에게 매료된 이후로 그의 검이 되길 주저하지 않았던 것이다. 물론 한 번씩 반항적인 모습을 보이긴 했지만 모두 실력의 향상을 위해서였다.

"함께 가겠습니다."

무영이 여장을 꾸리고 있을 때, 아랑드가 말했다.

하나 무영은 고개를 저었다.

"너는 서쪽에서 드워프들과 함께 작업을 진행해야 한다.

머지않아 엔로스와 그의 부하들이 당도할 것이다."

모두에게 각자 할 일이 있었다.

배승민과 타칸은 이미 이곳을 떠났다. 미리 전진하여 엔로스와 그의 부하들을 교란하기 위함이었다.

아랑드는 아쉬운 표정을 지었다.

하지만 무영은 누군가를 데리고 그곳에 갈 생각이 없었다.

'늪주.'

처음 들은 이름.

그리고 그것이 무영이 직접 나서는 이유기도 했다.

한 번도 들은 적 없다. 그 전란의 시기에서조차.

마왕, 악마, 모든 인류를 통틀어서 그 이름을 꺼낸 자가 없다는 건 그만큼 늪주들의 은신이 뛰어났다는 방증이었다.

당연히 그 은신을 위한 무언가가 존재할 터였다. 세상의 모든 이목을 피할 수 있는 힘 말이다.

무영은 그 힘의 정체가 궁금했다.

다행히 오가르가 전해준 나뭇가지가 그들의 행방을 알려준다고 하였다.

최대한 빠르게, 일을 끝내고 합류한다.

"알겠습니다. 아, 바타스가 곧 도착한다고 합니다. 혹시 전해야 할 것들이 있는지요?"

무영은 잠시 고민하다가 품에서 가죽 몇 장과 돌멩이 같은 물건 몇 개를 꺼냈다.

"이것을 그에게 전해 주고 장비로 만들라고 하라. 무엇을 만들어야 할지는 재료들을 보면 알 것이다."

달의 축복을 받은 가죽과 불멸왕의 힘!

무영은 나머지 불멸왕 장비를 맞출 생각이었다.

그러기 위해선 바타스의 실력이 필요했다. 모든 드워프의 왕이며 실력 역시 최고인 그의 손에서 장비가 탄생하면 무영은 또 한층 도약할 수 있을 것이었다.

"알겠습니다."

아랑드가 아쉬운 표정으로 한 발자국 물러났다.

무영은 그사이 몇몇 필요한 짐을 챙긴 채 날개를 펼치고 이동하기 시작했다.

가장 깊은 숲.

그곳엔 깊은 늪이 있고, 늪주들은 그 아래에서 살아가고 있었다.

품의 나무, 그 나뭇가지가 반응하는 곳으로 들어가자 곧 늪이 무영을 한 번에 집어삼켰다.

무영은 기분 나쁜 느낌과 함께 아래로 향했고 곧 반전된 세계를 확인하게 되었다.

'이곳은……'

늪 아래에 또 다른 공간이 있었다.

주변엔 오랜 시간 빨려온 온갖 쓰레기 같은 것들이 넘쳤고 무영은 그 쓰레기의 산 위에 서서 주변을 돌아보았다.

주변엔 거대한 산들이 있었다. 무척이나 오랜 시간 그곳에 있었던 듯, 치렁치렁하게 달려 있는 무성한 풀들이 눈에 띄었다.

무영이 다가가자 그곳에서 왜인지 익숙한 목소리가 들려왔다.

[생명체 확인.]
[생명체 확인.]
[드론 사출. 탐색 실행.]
[드론 사출. 탐색 실행.]

쉬이이이잉!

거대한 산들은 입을 열었다. 그러자 입속에서 작은 벌레와 같은 것들이 튀어나와 무영의 주변을 돌며 붉은 빛을 쏘았다.

무영은 살짝 인상을 찌푸렸다.

하나 공격적인 행위는 아니었기에 가만히 내버려 두었다.

하지만 정작 문제는 그런 게 아니다.

'지구의 언어……'

무영이 과거를 잊었다고 해서 그런 기본적인 것들마저 잊어버린 건 아니다.

상태창 시계로 말미암아 모든 언어가 자동으로 번역되고

모든 인류는 각자 자신의 국가였던 곳의 언어를 사용한다.

이상할 일은 아니다.

하지만, 이들이 정말로 '늪주'라면 문제가 된다.

'늪주는 오랜 시간부터 존재하던 종족이 아닌가.'

오가르가 말했다.

그들은 불타르들이 이곳에 존재하기 전부터 있었다고.

오래전 우연히 그들을 보게 되었고, 몇몇 이와 함께 그들을 '늪주', 한마디로 늪의 주인이라 불렀던 것이다.

그럴진대, 그 늪의 주인이 본래 지구에 있었던 것이라고?

'엘라르시고와 비슷한 물건인가?'

엘라르시고는 지구의 인류를 지우기 위한 병기였다.

하지만 눈앞에 있는 기계들은 달랐다.

[사용자 No-3569947521로 확인되었습니다.]

['방주'를 개봉합니다.]

산이 반으로 쪼개졌다.

드러난 내부는 온갖 복잡한 기계들로 연결되어 있었다.

하지만 무영이 이해할 만한 것은 존재하지 않았다.

단지 무수히 많은 '관'이 있었고 씨앗과 같은 것들이 그곳에 머물러 있다는 것만 눈으로 확인할 수 있었다.

이윽고 무영의 앞으로 한 여자의 형상을 한 홀로그램이 떠올랐다.

[열일곱 번째 방주에 오신 것을 환영합니다. No-3569947521. 지구의 인간이 방주에 닿으면 방주를 개봉하게 되어 있습니다. 방주는 지구 침탈자로부터 인류를 지키기 위해 존재하며, 그들의 손을 피해 희망을 싣고 잠시 모습을 감추게 되었습니다. '관'에 들어 있는 것은 '생명'입니다. 시스템을 가동하면 다시금 멸망한 인류가 재생하게 됩니다. 방주에는 그들 모두의 생명을 유지하는 데 필요한 5년 분량의 식량 등이 마련되어 있습니다.]

무영은 잠시 현기증을 느꼈다.

늪주가 아니라 방주라고?

엘라르시고에서 공격당한 뒤 인류가 희망을 싣고 이것을 통해 도피했다는 말이다.

하지만 주변에 인간의 흔적은 남아 있지 않았다. 한마디로 몇 개의 방주만 덩그러니 이곳에 불시착했다는 뜻이다.

하지만 몇 가지 걸리는 단어들이 있었다.

'멸망한 인류.'

이상한 일이었다.

모든 인류는 푸른 사원을 통해 마계로 향한다. 멸망이란 단어는 뜻이 맞지 않다. 엘라르시고와 전쟁의 와중이었다면 그 역시 아직은 멸망의 단계가 아닐 터였다.

한데 인류가 이미 멸망한 것처럼 확정적으로 말하고 있었다.

엘라르시고에 이어서 방주라니.

'운명이라도 되는 모양이군.'

묘한 이어짐을 느꼈다.

마치 무영에게 주어진 숙제 같았다.

이 모든 것에 얽혀 있는 문제를 풀라고 던져 준 숙제.

[지구가 침탈자에게 공격을 받은 지 정확히 1,139,720시간 56분이 지났습니다. 시스템을 가동하시겠습니까?]

저 시간을 환산하면 대략 130년이었다.

역시 시간의 흐름이 맞지 않았다.

무영은 인상을 찌푸렸다.

기계가 거짓을 말할 리는 없었다.

그리고 이 모든 것의 문제 뒤에는 솔로몬이 있었다.

솔로몬. 그는 대체 누구란 말인가.

'내가 풀어야 한다.'

실타래가 이어지고 있었다.

무영은 그 실타래를 풀 수 있는 유일한 존재였다.

55장
파멸의 전조

"가동하지 않겠다."

[No-3569947521를 새로운 함장으로 인식합니다.]
[명령에 따라, 시스템 가동이 중지됩니다.]

결정을 내렸다. 이 문제를 당장 선택해선 안 된다고. 무영은 조금 더 방주와 엘라르시고 사이에 얽힌 일들을 알아낼 필요가 있었다.

130여 년 전 지구가 정말로 공격을 받았다면 모든 문제가, 문제라고 생각했던 모든 것의 선후가 바뀌게 될지도 모른다.

그리고 방주 안에 있는 이 '생명들'은 그 원인들의 결과로서 중요하게 다뤄야 할 것이었다. 당장 무영이 결정하고 움직일 수 있는 사안이 아니었다.

대신…… 무영은 방주의 다른 기능들에 주목했다.

엘라르시고가 공격형 병기라면 이곳에 있는 방주들은 모두 방어가 목적이었다.

드론 등을 이용해 정해진 시간 정찰을 돌거나 요격을 하기 위한 무기 따위가 달려 있었다.

이만한 덩치와 알 수 없는 기괴함이 맞물리면 그야 오가르가 '늪주'라느니 떠드는 것도 이해는 되었다.

'그런데…… 내가 아는 지구의 과학보다 더 발전한 것 같군.'

무영은 방주의 여러 부분을 살피다가 살짝 고개를 갸웃했다.

잘 알지는 못하지만 방주는 적어도 무영이 아는 현대의 과학력보다 더 발전한 부분들의 집합체였다. 족히 수십에서 수백 년은 앞서 나가고 있었다.

물론 은밀한 장소에서 위대한 연구가 진행되고 있었을 수도 있고 전쟁을 통해 급진적인 과학의 발전을 이뤘을 수도 있지만, 이질감이 드는 건 어쩔 수 없었다.

하여간 무영이 기억하는 2000년대 초반의 일반적인 과학력으로는 설명할 수 없을 정도로 고도화된 기술의 결정체였다.

'No-3569947521.'

저 숫자의 정체도 궁금했다.

인류 개개인이 부여받은 숫자일 가능성이 높지만, 무영의 기억 속엔 없는 일이었다. 아무리 기억이 불완전하다고 하더라도 이만한 간극을 보이긴 어렵다.

무얼까. 무엇을 놓치고 있는 걸까.

몇 개의 조각이 모였지만 전체적인 그림은 보이지 않았다.

나무를 보는 게 아니라 산을 봐야 했다.

하지만 정작 이게 산인지, 아니면 그냥 언덕인지조차 지금은 알 수가 없었다. 그래, 알 수 없는 것들뿐이었다.

'세계의 진실은 결국 마신들에게 결부되어 있다.'

떠올려 보면, 마신들은 엘라르시고의 기동 방법을 알았다.

그들이 엘라르시고와 조금이라도 접점이 있다는 뜻이다. 당연히 그것과 얽힌 이야기를 조금은 알고 있을 터였다.

'71좌의 마신 단탈리온이라면 더 자세히 알고 있겠지.'

이러니저러니 해도 마신들을 사냥해 나가면 진실과 가까워질 가능성이 높았다.

'결국 바뀐 건 없군.'

바뀐 건 없다. 바뀌는 것도 없다.

그게 중요했다. 무영은 자신이 갖고 있는 것들을 억세게 품었다. 지금은 나무 한 그루에 불과하지만 머지않아 윤곽을 잡을 수 있을 것이다.

비어버린 130년의 공백과 솔로몬에 대하여. 기타 여러 가지를.

'이 자체가 천혜의 요새다.'

무영은 다시금 방주들을 올려다봤다.

아주 조금은 방주에 대한 사용법을 인지했다. 워낙 고도화되어 있어서 모두를 알아차리는 건 불가능하지만, 방주는 무영은 함장으로 인식했고 무영이 원하는 대로 될 것이었다.

그렇다면 이 방주를 가만히 놀리고 있을 수는 없었다.

거대하기 짝이 없는 방주. 가만히 세워놓는 것만으로 위협이 될 것이고 방주에 함재된 수많은 기능을 활용하면 엔로스에게 타격을 가할 수도 있었다.

아무리 인류의 '희망'을 담은 배일지라도 무영이 발견한 이상 항상 최적의 장소에서 활용이 되어야 했기에.

무영은 고개를 끄덕이며 빠르게 다음 단계로 넘어갔다.

작은 언덕 위에 타칸이 섰다. 그 옆에는 배승민이 자리하고 있었다.

그 둘 뒤로 각자 일만에 달하는 병력이 줄지어 서 있었다.

배승민은 엘라르시고 일만 기를 움직였으며 타칸은 망령들을 다뤘다.

그리고 둘을 포함한 모든 병력이 배승민과 아인의 마법으로 말미암아 은신 중이었다.

말하자면 잠복이다. 적들이 반드시 지나칠 경로. 이곳에서 기다리다가 다가오는 적을 멸하는 게 둘에게 주어진 과제였다.

"왜인지 무영은 싸움을 몰고 다니는 것 같군."

타칸이 말했다.

새로이 2년 만에 만나자마자 전투를 몰고 다닌다. 하물며 2년 전에도 무영은 그러했다. 하루도 평탄할 날이 없었다.

그럼에도 무영은 지치지 않는다. 매번 강해지며 매번 새로운 모습을 보였다. 덕분에 타칸도 늘어지지 않을 수 있었지만, 무영의 그 기질은 간혹 타칸조차 혀를 내두르게 만들었다.

"무영 님은 거대한 태풍이십니다. 우리는 그를 따르는 작은 돌개바람일 뿐이지요."

"놈은 신이라도 될 작정인가?"

무영은 이미 반신을 품고 있었다.

루키페르. 그는 비록 불안정했으나 분명히 반신의 격을 가진 존재.

하지만 무영은 만족을 몰랐다. 루키페르를 잡아먹은 것에 만족하지 않고 그 이상을 바라는 느낌이었다.

"무영 님은 구원자이고 해방자이십니다. 거대한 의지가 가진 뜻은 돌개바람 정도가 짐작하는 건 불가합니다. 더불어 무영 님을 따르는 운명은 결코 간단한 게 아닙니다."

"기억도 온전하지 않다는 놈이 말은 잘하는군. 하긴, 그래서 아수라가 택한 것이겠지. 수라장을 만들기 위해서 말이야."

타칸이 어깨를 으쓱했다.

무영은 그야말로 전장 그 자체였다. 전장이 어울리는 녀석. 만약 마계가 아니었다면 어떤 모습으로 존재했을지 상상조차 가지 않는다.

아수라도 그런 무영의 본질을 알았던 걸까?

타칸은 고개를 저었다. 신의 생각 따위는 알아봤자 별 영양가가 없다.

차라리 모르는 편이 이롭다.

"기억은……."

배승민은 말을 아꼈다.

기억.

각성하고, 강해졌지만, 여전히 기억은 돌아오지 않았다.

누군가를 찾아야 한다는 생각만이 머릿속을 지배할 뿐. 하지만 동시에 찾으면 안 된다는 생각이 들기도 했다. 이미 많은 게 변했다고. 당당히 과거 앞으로 나설 입장이 아니란 생각이 든 것이다.

자신이 찾아야 할 존재는 자신이 변한 것을 모른다. 찾아봤자 혼란만 이야기할 뿐이었다. 어쩌면 부정적인 결과만을 낳을지도 모른다.

적어도 지금은 시기가 좋지 못했다. 아니, 못 하다고 생각하며 기억을 멀리했다.

배승민이 말을 아끼자 타칸은 계속해서 걸렸던 의문을 입에 담았다.

"한데 이상하군. 엔로스는 '예지'의 힘을 가지고 있다고 하지 않나? 그렇다면 우리가 여기에 잠복하고 있는 것쯤은 알 수 있을 텐데?"

그 질문을 듣고 배승민이 지팡이를 휘둘렀다.

"엔로스가 가진 예지의 힘은 완전한 게 아닙니다. 결국 그조차 마신 '아몬'에게 받은 것. 마법으로 이뤄질 수 있는 건 한계가 있지요."

엘더 리치가 된 배승민은 수많은 깨달음을 얻었다.

'득도'라고 표현해도 충분할 것이다.

삼라만상을 꿰뚫어 보았고 자연의 이치를 알게 됐다.

죽음 역시 자연의 이치 중 하나였기에 가능했던 일이다.

"그럼 아몬보다 네 마법이 더 강하다는 건가?"

그리고 현재 엔로스의 예언을 배승민이 방해하고 있었다.

배승민이 엘더 리치로 승격되며 갖게 된 '세 개의 문' 중 하나가 그러한 역할을 하는 중이었다.

"아닙니다. 우연히 제가 가진 권능과 맞물려 예언의 방해를 하고 있을 뿐, 적어도 마법에 있어서 아몬을 당할 자는 세상에 존재하지 않습니다. 푸른 사원의 위대한 마법사도 아몬의 상대는 되지 못하겠지요."

타칸은 고개를 끄덕였다.

2년 사이, 배승민은 변했다. 이젠 가끔 그가 하는 말을 타칸도 제대로 이해하지 못할 때가 있었다.

대신 이번에 맡은 바 임무를 다시금 입에 담았다.

"어쨌거나 엔로스보다 그의 다른 두 마왕들이 먼저 병력을 이끌고 쳐들어올 것이다. 샤르-샤쟈르가 죽은 걸 알았으니, 이젠 그의 자리를 차지하고 싶을 터. 둘은 경쟁관계에 있을 가능성이 높다. 그리고 우린 한 명씩 상대해야 한다."

"루즈벨은 제가 맡겠습니다. 그의 권능과 제 권능은 비슷한 면이 있으니까요."

"난 프레이다를 맡지."

샤르-샤쟈르는 엔로스를 따르는 가장 강력한 마왕이었다.

그가 무영에 의해 죽었다. 그것을 엔로스와 휘하 측근들 모두가 알고 있을 것이었다.

당연히 나머지 두 마왕, 루즈벨와 프레디아도 마찬가지였다.

샤르-샤쟈르보다 저평가 되는 둘이지만 그래도 마왕이다. 배승민과 타칸도 함부로 승리를 장담할 순 없었다.

"마왕 사냥이라……."

타칸은 만족스러운 말투로 말했다.

역시 무영을 따라다닌 건 정답이었다.

언제나 타칸은 강자에 목말라 있었다. 순수한 힘. 그 극의를 보기 위해서 말이다.

마왕은 순수한 악이다. 그들을 상대하면 타칸의 실력 역시 더욱 가파르게 상승할 것이었다.

"제 소환수가 적들의 위치를 포착했습니다."

배승민이 지팡이를 휘둘렀다. 곧 그의 앞으로 작은 실루엣이 나타났다. 족히 오만은 되어 보이는 악마가 능선을 넘었다.

배승민은 지팡이를 거둬들이며 말했다.

"앞으로 30분이면 도착할 겁니다."

"기다릴 건가?"

"적들이 '덫'에 걸리면 움직이겠습니다."

누군가의 죽음은 누군가에게 기회가 될 수 있다.

마왕 루즈벨과 프레이다가 그러했다.

샤르-샤쟈르가 죽고 그의 자리가 공석이 된 지금, 엔로스와 가장 가까워질 수 있는 자리를 두고 둘은 경쟁 관계에 있었다.

때문에 엔로스의 본대와 합류하지 않고 조금 더 빠르게 움직이고 있는 것이었다.

"고작 인간 하나를 사냥하는 것이다. 프레이다 따위에게 지지 마라."

루즈벨은 상아로 만든 검을 휘두르며 말했다. 그는 세 장의 검은색 날개를 가지고 있었고, 험상궂은 얼굴을 했다.

그가 바로 '전율의 마왕 루즈벨'이다. 적들을 가장 잔인하고 악랄하게 죽인다고 하여 붙여진 이명이었다.

그리고 그런 그가 지금 이만 여의 병력을 이끌고 인간 사냥을 위해 나섰다.

샤르-샤쟈르를 인간이 죽였다는 건 아직도 믿기지가 않았다. 엔로스님의 예언이 틀릴 리는 없지만 무언가 중간 과정이 있는 게 분명했다.

그도 그럴 게 루즈벨의 인식에 있어서 인간은 개미와 다를 바가 없다. 밟으면 죽어야 하는. 때문에 크게 신경조차 쓰지 않았다.

이는 모든 마왕과 마신들이 비슷한 인식일 것이었다.

"루즈벨 님, 샤르-샤쟈르의 잔존 병력들을 흡수하는 게 어떻겠습니까?"

기사복을 입은 악마 하나가 루즈벨에게 말했다.

그러나 루즈벨은 고개를 저었다.

"샤르-샤쟈르는 정신병자였다. 놈의 부하들 역시 다를 바 없지. 놈들을 흡수해 봤자 내 품위를 손상시킬 뿐이다. 물론 프레이다 그 연놈이라면 모르겠지만 말이다. 끼리끼리 논다고 하지 않더냐?"

"하긴 그건 그렇습니다."

"남자도 여자도 아닌 프레이다라면 충분히 그럴 수 있지요!"

"샤르-샤쟈르에게 엉덩이를 대줬다는 이야기는 꽤 신빙성이 있습니다."

"하하하!"

루즈벨의 악마들은 꽤 유쾌한 면모가 있었다.

그들은 여유로웠다. 승리를 확신하고 있었다.

물론 프레이다보단 조금 더 빠르게 움직이는 중이었다.

"잠깐, 이 기운은……."

루즈벨이 멈춰 섰다.

그의 뒤를 따라 이만의 악마도 날갯짓을 멈췄다.

그들이 있는 곳은 아무것도 없는 평야의 위다. 그리고 그 중심에서, 루즈벨은 한 인영을 발견했다.

"샤르-샤쟈르?"

루즈벨의 눈이 커졌다.

평야의 위에 있는 인영.

샤르-샤쟈르!

죽었을 그가 왜 저기에 서 있단 말인가?

아니, 루즈벨은 이성을 차갑게 굳혔다. 그는 전율의 마왕. 그만큼 잔학하고 포학한 학살자가 그다. 쉽게 흔들려선 그러한 이명을 얻지 못한다.

'놈은 죽었다.'

샤르-샤쟈르는 엔로스가 총애하는 마왕이다.

세 마왕 중 가장 강력했으나, 그는 분명히 죽었다.

이는 여지없는 사실이었다. 엔로스가 직접 시인했으니 틀림이 없었다.

그렇다면 저 앞에 있는 '껍데기'는 무엇일까?

'껍데기를 쓴 다른 것.'

루즈벨은 냉철하게 샤르-샤쟈르를 바라봤다.

샤르-샤쟈르는 확실히 강하다. 홀로 어지간한 마왕 1.5명 분의 역할을 해낸다. 루즈벨과 붙을 경우 6할 정도의 승률을 장담할 수 있을 것이다.

하지만, 그냥 껍데기일 뿐이라면?

저게 적들의 함정이라면?

'샤르-샤쟈르를 죽이고 놈의 시체로 무언가를 했다…….'

그리 생각할 수밖에 없다. 샤르-샤쟈르의 죽음을 확신한 이상에는 말이다.

결국 적들의 계략이라는 쪽으로 생각이 쏠렸다.

그리고 이러한 뻔히 보이는 '덫'을 둔 이유를 고민했다.

"루즈벨 님! 샤르-샤쟈르입니다."

"그가 살아 있던 걸까요?"

부하들은 혼란스러워했다.

하기야 루즈벨 이상으로 샤르-샤쟈르는 공포스러운 존재 다. 악마에게든 그 누구에게든.

하지만 그는 즉흥적이었고 루즈벨은 적어도 계산할 줄 알 았다.

"저건 샤르-샤쟈르의 껍데기를 쓴 다른 존재다. 주변을 살펴라! 저 껍데기 뒤에 있는 진의를 알아봐야겠다."

진의!

우선 뎆을 둔 자.

아마도 샤르-샤쟈르를 죽인 진범.

인간이라는 판명이 났지만 루즈벨은 믿지 않았다.

고작 인간 따위가 샤르-샤쟈르를?

'웃기지도 않는군.'

엔로스의 예언은 확실하다. 하지만 100% 모든 걸 읽지는 못한다.

루즈벨은 인간을 앞세운 '누군가'가 있다고 생각했다.

누굴까? 어떤 존재일까?

'용, 혹은 초월체들.'

마신 디아블로와 그의 부하들은 천경을 넘어서지 못한다. 이곳 마신의 영역에 있는 극소수의 인간들 중, 그들과 연관이 있을 가능성이 존재하는 것은…….

'용들의 왕!'

동, 서, 남, 북, 사방에 자리 잡은 네 초월체들.

그들 중 하나, 용들의 왕은 서녘 공중정원에 자리 잡았다.

악마들과도 굉장히 적대적인 그는 능력만 있다면 인간조차 계약의 매개로 사용한다고 들었다. 실제로 인간 중 한 명, 그러한 자가 있다고 하였던가.

'그 인간이렷다.'

그제야 루즈벨은 이번 일의 진상을 알아차릴 수 있었다.

용들의 왕과 계약한 인간은 두 마리의 용을 다룬다. 그 인간은 이미 몇몇 마왕을 죽였기에 루즈벨도 알고 있었다.

샤르-샤쟈르를 죽인다는 건 당연히 뒤의 엔로스까지 염려하지 않았다는 뜻이다. 용들의 왕이 뒷배로 존재하는 그 '인간'이라면 샤르-샤쟈르를 죽일 가능성이 조금이라도 있었다.

하지만 루즈벨은 샤르-샤쟈르와는 분명히 다르다.

그 미치광이보다 루즈벨은 조금 덜 미쳤으며 덜 강하지만 그것은 어디까지나 개인에 국한된 일이다. 루즈벨의 병력 지휘 능력은 마왕들 중에서도 수준급에 달했다.

"절대로 다가서지 마라. 주변에 분명히 숨어 있는 자가 있을 것이다."

마족들이 온갖 마법을 사용해 탐색전을 벌였다.

그리고 그 중심에서 샤르-샤쟈르는 움직이지 않았다.

루즈벨은 이만여의 병력을 넓게 포진시켰다.

아무리 껍데기라지만 무려 샤르-샤쟈르를 사용한 '덫'이다. 아무리 조심해도 부족함이 없다.

'왜 움직이지 않는 거지?'

태양이 가라앉기 시작했다.

하지만 여전히 샤르-샤쟈르는 움직이지 않았다.

'왜? 대체 무엇을 노리는 거지?'

주변에 생성된 마법은 없었다. 어떠한 마력의 기류도 느껴지지 않았다.

또한 저 뒤에 있는 진의조차 읽을 수가 없었다.

문제는 시간이다. 루즈벨은 조금 조급해질 수밖에 없었다.

"프레이다가 거의 다가왔다 합니다. 날이 지기 전에는 도착할 것이라고."

부하 중 한 명이 말했다.

프레이다. 루즈벨과 쌍벽을 이루는 마왕.

엔로스의 총애를 받기 위해 둘은 경쟁하고 있었다.

프레이다는 참을성이 없다. 놈이 이곳에 도착한다면 샤르-샤쟈르부터 건드릴 것이었다.

'선택지는 둘. 건드려보느냐, 그냥 지나가느냐.'

더는 시간을 끌 순 없었다.

결정을 내려야 했고, 그 결정에 따라 상이한 결과가 나올 터.

루즈벨은 상아로 만든 검을 들었다.

그리고 휘둘렀다.

"놈을 둘러싸라."

프레이다가 도착하면 늦는다.

샤르-샤쟈르의 껍데기. 놈을 회수하고 처리하는 것 또한 '공'이다. 엔로스에게 점수를 딸 절호의 기회 말이다.

이 기회를 프레이다 따위에게 넘겨줄 수는 없었다.

'이미 탐색은 수없이 했다.'

주변에 있는 것은 없었다.

오로지 샤르-샤쟈르의 껍데기뿐!

루즈벨의 명령에 따라, 이만의 악마들이 샤르−샤쟈르를 둘러쌌다.

촘촘하게. 물 샐 틈 없이.

"놈의 전신에 쇠퇴의 저주를 걸어라!"

물론 그렇다고 다싸고짜 덤벼들진 않는다.

최소의 피해로 최대의 결과를 얻기 위해선 온갖 공을 들여야 하는 법.

루즈벨의 명령에 따라 500명으로 구성된 마법병단이 앞으로 나왔다. 500명의 수준급 악마가 되뇌는 저주라면 마왕에게라도 통한다.

쿵! 쿵! 쿵!

마법을 되뇌는 악마들이 공중에서 지팡이를 내리치자 마치 북을 치는 것처럼 우렁찬 소리가 허공을 가득 채웠다.

이어 악마들에게서 검은 손들이 튀어나와 샤르−샤쟈르를 감쌌다.

저 검은 손들은 쇠퇴를 의미한다.

닿는 모든 것을 절망시키는 손.

닿기 전이라면 몰라도 닿았다면 더는 방어할 수 없다.

'정녕 의지가 없는 껍데기란 말인가?'

너무 쉽다. 마력의 약화가 느껴졌다.

"번개 무효화 마법진을 활성화시키도록. 무슨 일이 일어날지 모른다."

그래서 한 번 더 돌다리를 두드린다.

샤르–샤쟈르는 번개의 주인. 고로, 번개를 무력화시키면 대부분의 힘을 손실한 것과 같다.

거대한 땅속성의 장막이 세워졌다. 만에 하나 샤르–샤쟈르의 껍데기가 폭주하더라도 피해를 최소화시킬 수 있을 것이다.

'괜한 걱정이었던가?'

생각 이상으로 반응이 없다. 정말로 저것은 껍데기일 뿐인 모양이었다.

이후, 루즈벨은 상아로 만들어진 검을 들었다.

여기까지 했다면 모든 대책은 세운 셈이다. 더 시간을 들였다간 마왕으로서의 지엄함마저 잃게 되리라.

만들어진 무대 위에 루즈벨이 섰다.

샤르–샤쟈르가 고개를 들었다. 처음으로 보인 반응이었다.

"고작 인간 따위에게 패하고 제대로 죽지도 못했더냐?"

루즈벨의 검이 진동하기 시작했다.

수없이 진동하는 진동검. 닿는 모든 걸 분해시키는 것이 루즈벨의 특기였다.

"그래도 한때 마왕이었던 신분. 그 명예를 사서 살점 하나 남기지 않고 없애주마."

좌아아아아아앙!

초당 30만 번을 진동하는 검이다.

검은 이내 형체를 잃어버리고 잔상만을 남겼다.

그 상태로 루즈벨이 샤르-샤쟈르를 향해 빠르게 도약했다.

푸스스스스스!

루즈벨의 검이 샤르-샤쟈르의 심장을 찔렀다.

'닿았다.'

닿았다면 끝이다.

이대로 샤르-샤쟈르는 먼지가 되어……

그 순간이었다.

세상이 변하기 시작했다.

'고유 결계!'

아아!

루즈벨은 잠시 인상을 구겼다.

'샤르-샤쟈르는 고유 결계를 만들 줄 모른다. 그렇다면 이건?'

이윽고 나타난 건 거친 황야였다. 아무것도 없이 오로지 거친 황야만이 존재하는 장소. 이곳에선 본질의 극대화가 이뤄진다.

쿠릉! 쿠르르르릉!

샤르-샤쟈르는 거친 번개가 되었다. 전신이 번개처럼 변해서 당연히 루즈벨의 공격도 통하지 않았다.

루즈벨의 몸집도 커져 있었다.

코끼리와 비슷한 외견이지만 더욱 커다랗다.

'본질을 강화시키는 결계!'

매우 특수한 결계다. 하지만 확실한 건 루즈벨이 이곳에 격리되었다는 사실이다.

결계의 핵은 샤르-샤쟈르가 쥐고 있었다. 놈을 죽이지 않으면 이곳을 탈출하지 못한다.

콰아아아앙!

그제야, 샤르-샤쟈르가 움직이기 시작했다.

"처음부터 이걸 노렸구나!"

루즈벨이 외쳤다.

주변의 모든 걸 탐색했다.

하지만 고유 결계는 대비하지 못했다. 애당초 샤르-샤쟈르의 기술도 아니었을 뿐더러 고유 결계를 발동시킬 만한 물건이 있으리라곤 생각도 못했기에.

마왕조차 가지기 힘들 정도의 아티펙트가 아니고선 이만한 결계를 만들 수 없는 탓이다.

'모험이다. 무리수다. 내가 직접 공격하지 않았다면 모든 게 허사가 됐을 일이다······!'

루즈벨은 그제야 당황하고 말았다.

모든 만반의 준비를 했다. 샤르-샤쟈르를 약화시키고, 혹시 몰라 또 다른 대비까지 했건만.

만약 루즈벨이 샤르-샤쟈르를 직접 토벌할 생각이 없었다면 이런 같잖은 수에는 당하지 않았을 것이다.

하지만 루즈벨은 그나마의 명예를 알았고, 그게 오히려 걸림돌이 됐다.

덕분에 샤르-샤쟈르와 일대일을 하게 생겼다.

'상대는 나를 알고 있다.'

그렇게 생각할 수밖에 없다.

루즈벨이 거체를 들었다.

당했다. 하지만 당한 채로 끝낼 수는 없는 노릇이다.

"이런 같잖은 결계 따위가 나를 가둘 수 있을 거라 생각했느냐!"

배승민이 고개를 주억거렸다.

무영의 조언과 자신의 판단으로 루즈벨의 발을 묶는 데 성공했다. 다소 모험이 있긴 했지만 성공한 이상 시간을 놀릴 수는 없었다.

"가우데아무스."

배승민이 지팡이를 치켜들었다.

배승민은 세 개의 문을 열 수 있었고, 그 세 개의 문에는 모두 강력한 마물들이 잠들어 있었다.

그리고 배승민은 지금 세 번째 문을 열었다.

쿵!

쿵!

쿠우웅!

허공을 찢고 튀어나온 괴수는 그야말로 거신이었다.

하늘까지 닿는 동체. 아홉 개의 머리…….

괴수들의 왕, 히드라!

배승민의 동체가 떠오르더니, 이내 히드라의 위에 올라탔다. 그러곤 주변의 망령과 언데드들을 향해 말했다.

"지금부터 루즈벨 공략에 들어간다."

사실상 루즈벨은 결계 속에 갇혔지만, 그 수족들을 잘라내기 위한 싸움이다.

배승민은 이어 작게 중얼거렸다.

"오로지 그분의 승리를 위하여."

타칸은 오가르와 불타르들 그리고 도깨비들과 함께 프레이다 공략에 나섰다.

변덕의 마왕, 프레이다.

타칸은 그를 모른다. 하지만 무영은 프레이다에 대해 알고 있었다. 놈이 지나갈 지점, 놈의 성격 따위를 아주 세세하겐 몰라도 대략은 알고 있었던 것이다.

그리고…… 정말 무영의 말대로 프레이다와 그의 부하들이 멀리서 다가오는 기척을 느꼈다.

"놈이 점집을 차리면 잘될 것 같군."

타칸이 말했다.

놈이란 무영을 뜻하는 거다.

어쨌거나 상대가 왔다면 싸워야 한다.

타칸은 몸을 돌렸다.

"프레이다는 내 몫이다. 나머진 너희들이 먹어 치워라."

타칸은 자신 있었다.

그간 제대로 싸울 기회가 거의 없었다.

하지만 마왕이라면 이 갈증을 채워줄 수 있을 터였다.

"상대는 마왕이다. 혼자선 벅찰 텐데? 무영의 계획에 따르지 않는 건가?"

오가르가 말했다.

확실히 타칸은 강하지만 마왕급이라 하기엔 2% 부족한 감이 있었다.

그래서 무영은 타칸과 오가르가 힘을 합쳐서 프레이다의 발목을 잡아놓길 원했다.

그러나 타칸은 지금 혼자 나서겠다고 고집을 부렸다.

"이 황금 같은 기회를 둘이서 나눌 수는 없지. 그리고 내게도 비장의 한 수쯤은 있다. 상대가 무영이라도 자신이 있으니!"

오가르는 한발 물러섰다.

싸움을 앞에 두고 불협화음을 만들 수는 없는 노릇. 타칸이 그러겠다면 다른 싸움을 빨리 끝내고 돕는 수밖엔 없는 듯했다.

이윽고 타칸이 검을 뽑아 들었다.

자신들이 눈치챈 것처럼, 적들도 이곳에 병력들이 있음을 눈치챘을 것이다.

"크히히! 먹이들이 모여서 무슨 작당을 하느냐!"

거대한 세 개의 날개를 펄럭이며 호리호리한 몸매의 여자인지 남자인지 모를 악마가 날아들었다.

이 역시 무영의 예상대로다.

가장 먼저 튀어나올 악마는 프레이다일 것이니, 그 즉시 주변을 차단하여 분리를 시키라고.

"본 드래곤을 타고 싸우는 날이 오게 될 줄은 몰랐군."

오가르가 본 드래곤 위에 올라 혀를 내둘렀다.

그사이 이미 타칸은 프레이다를 향해 진격하고 있었다.

'반드시 이긴다.'

오가르가 거대한 몽둥이를 어깨에 걸쳤다.

이 싸움에 있어서 가장 장애가 되는 건 루즈벨이었다.

프레이다. 놈은 변덕의 마왕이다. 다혈질적이고, 오히려 상대가 쉽다.

반대로 루즈벨은 냉철하다. 전장을 읽을 줄 안다.

엔로스의 전쟁을 가장 앞에서 지휘하는 것도 사실상 루즈벨이었다.

샤르-샤쟈르를 통째로 미끼로 던진 것도 그 때문이다.

'루즈벨의 발을 묶었다면 되었다.'

무영은 오가르가 늪주라고 칭한 '방주'를 이끌고 영지에 도착했다.

방주는 강력한 방어 징치였다. 이걸로 수성을 하면 보다 수월할 것이다.

무영은 영지를 지키며 두 싸움에 나서지 않았다.

엔로스가 지켜보고 있다. 적어도 루즈벨과 프레이다의 싸움을 느끼고는 있을 것이다. 샤르-샤쟈르 때와는 다르게 이번엔 엔로스가 직접 쳐들어온 것이니까.

어차피 하루, 이틀로 끝날 싸움이 아니다.

무영은 가능하면 자신의 전력을 드러내고 싶지 않았다.

이 힘은 오로지 엔로스를 상대할 때 쓸 셈이다.

"영주님, 칼무흐가 돌아왔습니다."

신의 손 바타스를 데려오라 명령을 보낸 칼무흐가 돌아왔다.

무영은 고개를 끄덕였다.

"들여라."

비서 한 명이 영주실의 문을 열었다.

곧 수염이 수북한 난쟁이, 칼무흐가 들어왔다.

"바타스는?"

"아쉽게도 그분은 발길을 함께하지 못했습니다."

"그렇군."

무영은 인상을 찌푸렸다.

신의 손 바타스. 그가 있어야 나머지 불멸왕의 장비들을 만들 수 있었다.

그런 무영의 실망을 읽었는지 칼무흐가 미소 지었다.

"하지만 장비는 완성되었습니다."

덜컹! 덜컹!

요란한 소리와 함께 몇몇 드워프가 들어왔다.

그들의 손엔 거대한 상자 하나가 들려 있었다.

겉으로는 평범하기 짝이 없는 상자.

하지만 내부에서 흘러넘치는 마력을 확인할 수 있었다.

이윽고 드워프들이 상자를 무영의 앞에 내려다 놓았다.

"최근 마족들의 동향 때문에 바타스 님도 쉽게 몸을 움직일 수 없는 모양입니다. 그 대신 재료들로 말미암아 장비를 만들어주었습니다."

하기야 바타스는 드워프의 왕이다.

그에겐 자신의 왕국을 책임져야 할 의무가 있었다.

어차피 무영의 목적도 처음부터 장비였지, 바타스 자체가 아니었기에 상관은 없었다.

'불멸왕의 힘.'

무영이 가진 가장 좋은 무구는 비탄이고, 다음이 불멸왕의 흉갑이었다. 나머지 불멸왕의 힘이 깃든 장비들을 착용할 수만 있다면 엔로스와의 결전조차 치를 수 있으리라.

지금 눈앞의 상자 앞에선 모종의 힘이 흘러나오는 것만 같았다.

하지만 불길하다. 비탄이 모든 걸 부정하는 힘이라면 이 힘은 특정 대상에서 특수한 효과로 작용할 것만 같은 기분이 들었다.

무영마저도 묘한 감정에 휩싸일 정도였으니.

무영의 낌새를 알아차린 것인지 칼무흐가 씁쓸하게 말했다.

"만들어진 장비는 상상 이상으로 훌륭합니다. 바타스 님조차 믿지 못할 정도였지요. 저도 잠깐 눈으로 담은 게 전부지만, 완성도는 절로 감탄이 나오더군요. 하지만……."

"하지만?"

"장비에 새겨진 마력이 괴물들을 끌어 모으고 흉포하게 만듭니다."

과연. 칼무흐는 유독 피곤해 보이는 인상이었다. 오는 길이 평탄치만은 않았던 모양.

하지만 지성이 있는 이에겐 그다지 큰 영향을 끼치지 않는다. 영향을 끼치는 건 어디까지나 지성이 없고 본능에 충실한 괴물인 듯싶었다.

무영은 직접 상자에 손을 댔다.

이어 거대한 상자를 열자 비늘 같은 게 눈에 들어왔다. 투명하기 그지없는 비늘이었다.

장비라고 하기엔 뭔가 부족한. 아니, 장비조차 아니다.

"이게 뭐지?"

무영이 묻자 칼무흐가 답했다.

"피부입니다."

"피부?"

"바타스 님이 말씀하시길, 달빛으로 담금질한 가죽과 불멸왕의 힘을 합치니 그러한 형태가 되었다고 하더군요. 달은 영원을 의미하며 불멸은 끝없이 이어짐을 의미하니…… 필멸자가 그러한 힘을 온전히 담기 위해선 이러한 피부가 필요하다고 말했습니다."

"바타스도 제대로 모르는 건가?"

분명히 이것을 만든 건 바타스다.

하지만 바타스도 자신이 만든 게 무엇인지 정확히 모르는 것 같았다.

"대장장이의 진정한 신이 내게 빙의했다고도 말씀하셨습니다."

신내림을 받은 상태로 장비를 만들었단 뜻일까?

무영은 피식 웃고 말았다. 취중진담이 따로 없었다.

이어 다시금 고개를 돌려 비늘을 바라봤다.

자세히 확인하지 않으면 있는지조차 모를 정도로 투명한 비늘.

무영은 그것을 들고 집중하자 글귀들이 떠올랐다.

명칭: 영원

등급: ?

분류: ?

내구: ?

효과: ?

하지만 떠오른 정보들은 그다지 영양가가 있지 않았다. 이름을 제외하면 아무것도 확인을 할 수가 없었던 것이다.

직접 착용을 해야만 성능을 알 수 있을 듯했다.

'영원.'

영원. 끝없이 이어지는 것을 뜻하는 단어.

'괴물들을 끌어 모으고 흉포하게 만드는 피부라.'

피부 위에 덮어쓰는 정도로는 끝나지 않을 것이다. 이 피부는 적절한 착용자를 '변형'시키기 위해 존재한다. 그 정도의 집착이 느껴졌다.

흔히들 도구라고 칭해지는 것들 중, 사용자를 변형시키는 것들은 '마'가 씌었다고 말한다. 그런 의미에서 보자면 이 피부는 긍정적인 효과를 가져다주는 것이 아니다.

하지만 불멸왕의 힘이 담긴 피부였다. 무영이 억지로 새긴 흉갑조차 S+등급을 받을 정도이건만 아예 밀착 형태로 존재하는 이 피부는 얼마나 대단한 힘을 발휘할지 모른다.

게다가.

'도구는 도구일 뿐이다.'

도구가 무영에게 악영향을 끼칠 순 없다.

도구는 어디까지나 사용하기 위해 존재하는 것이다. 그것에 너무나 많은 의미를 부여하는 순간, 도구는 더 이상 도구로 존재하지 않고 사용자를 잡아먹게 되는 법이었다.

무영은 전신의 옷을 벗기 시작했다.

비늘은 무영의 전신보다 면적이 넓었지만 무영의 피부에 부착되는 순간 그 부피를 줄여 무영에게 맞췄다.

'새로운 피부다.'

찌릿!

피부에 닿는 면적마다 정전기가 일 듯 따끔했다.

이윽고 기존의 피부들이 빨갛게 물들며 괴사하였다. 그리고 그 자리에 새로운 피부가 들어찼다.

기존의 것을 죽이고 자신이 그 자리를 차지하는 것이다.

'영원'이라 불린 피부는 이내 무영에게 이식되었다. 약간의 이질감도 없이. 마치 원래부터 이러한 피부를 가지고 있었던 듯한 착각마저 들었다.

하지만 그러한 자연스러움도 잠시뿐이었다.

"……!"

무영은 인상을 찌푸렸다.

반발한다. 잠깐 동안 조화를 유지했던 피부와 육체가 어긋났다. 전신의 근육이 뒤틀렸다. 그대로 뼈와 장기까지 영향이 갔다.

정신이 아득해졌다.

이러한 고통은 무영도 오랜만에 느껴보는 것이었다. 이를 악물자 눈알이 빠져나올 것만 같았다. 그대로 몸을 비틀거리며 의자에 스스로를 지탱했다.

"여, 영주님! 괜찮으십니까?"

"나…… 가라."

무영이 손짓하자 칼무흐가 침을 꿀꺽 삼키며 고개를 끄덕였다.

무영 스스로가 해결해야 할 문제임을 알아본 것이다.

"내가 부르기 전까진…… 아무도 들이지 마라."

이어서 무영이 말하자 쿵! 소리와 함께 문이 닫혔다.

그 상태로 무영은 쓰러지듯 의자에 걸터앉았다.

전신의 변형은 계속해서 이뤄지고 있었다.

'불멸왕의 힘.'

그리고 이 모든 게 불멸왕의 힘에서 비롯된 것이었다.

무영은 필멸자다. 언젠가는 죽게 될 운명에 놓인 인간이었다.

하지만 불멸자는 영원히 이어지는 존재다. 당연히 필멸자와 불멸자는 서로 같을 수 없다. 불멸자의 힘이 담긴 피부를 아무런 대가 없이 쓰는 것도 말이 안 되는 이야기였다.

'죽을 수도 있겠군.'

하지만 그 대가가 너무나도 아득했다.

무영이 아니었다면 시작 단계에서 백중 구십구는 죽었을 것이다.

그나마 고통에 익숙한 무영이었기에 버틸 수 있었다.

그러나 무영은 이내 고개를 저었다.

산다. 살아남는다. 끝까지 살아갈 것이다.

불멸자의 피부를 손에 넣는다면 '가속'을 보다 자유롭게 사용할 수도 있을 터였다.

무영은 64배의 시간을 다룰 수 있었으나, 오래 사용하진 못했다. 사용 가능 시간의 문제도 있었지만 육체의 한계가 무엇보다 컸다.

이번 일로 인해 그 한계를 극복할 셈이었다.

그러니 이 정도의 고통쯤은 아무 것도 아니었다.

'나는…… 이길 것이다.'

이기고, 이기고, 또 이기는 것만이 무영의 존재 의의였기에.

무영은 이번에도 이기리라 다짐했다.

"가우데아무스."

배승민이 주문을 되뇐 순간 사방에 문들이 생겨났다.

문이 열리며 수백 개의 사슬이 악마들을 붙잡고 그대로 폭사시켰다.

화아아아악!

또한 세 번째 문에서 소환한 히드라는 아홉 개의 머리를 가지고 아홉 개의 각기 다른 마법을 구사하며 악마들을 농락했다.

'악마들은 벌과 같다.'

배승민은 악마를 벌로 정의하고 있었다.

여왕벌이 없으면 벌들은 혼란할 수밖에 없었다. 악마들은 오로지 마왕과 마신을 위해 존재하며 그러니 배승민은 악마를 벌로 비유하는 것이었다.

마왕 루즈벨이 사라진 순간 악마들은 극심한 혼란을 느끼고 있었다.

그사이 배승민이 습격을 가하자 그들은 오합지졸이 되었다.

적어도 이 전장에 있어서 지배자는 배승민이었다.

'빨리 정리하고 움직여야 한다.'

하지만 배승민은 마음이 급했다.

이 전장이 전부가 아니다.

본대를 이끄는 엔로스는 아직 오지도 않았다.

족히 백만에 달하는 악마를 상대하려면 조금이라도 그 세를 줄여둘 필요가 있었다.

특히 두 마왕은 최대의 걸림돌이었다.

루즈벨의 발목을 잡았다고 하더라도 프레이다라는 마왕이 남아 있었다.

그리고 배승민은 최대한 이 전장을 정리한 뒤 타칸과 오가르를 도우러 움직일 작정이었다.

"적들을 분쇄해라."

배승민이 지팡이를 휘둘렀다.

그러자 대지가 뭉치며 수십 기의 골렘이 모습을 드러냈다.

그제야 악마들도 이 전장을 주도하는 게 누구인지 알아차렸다.

"저 리치를 죽여라!"

"리치를 죽이면 우리의 승리다!"

수백의 악마가 무리를 이뤄 배승민에게 다가오기 시작했다.

배승민은 다시금 지팡이를 들고 작게 읊조렸다.

"아마데우스."

꺄아아아아아아아아악!

사방에서 소름끼치는 비명 소리가 들렸다.

악마들조차 귀를 막고 몸을 떨어댈 수밖에 없었다.

이어, 배승민은 지팡이를 휘둘러 히드라의 목 다섯 개를 쳤다. 잘려 나간 목은 순식간에 재생이 됐지만 히드라의 목

다섯 개가 떨어지며 허공에 마법진이 그려졌다.

재물을 바치고 소환 의식을 행한 것이다.

이윽고 산발을 한 거인이 나타났다. 히드라와 맞먹을 정도로 커다란 외눈 거인이 바닥을 내려다보자 눈에서 피가 흐르며 붉은빛의 광선이 쏟아졌다.

쿠르르르르르르릉!

광선에 닿은 모든 악마가 증발했다.

"저건 대체?"

"공허의 괴물인가……!"

악마들은 기겁했다. 공허는 그들에게도 미지의 영역. 그곳에서 튀어나온 괴물은 하나같이 강력하며 악랄하다.

마녀, 베아트리스.

배승민이 소환할 수 있는 최강의 괴물은 히드라가 아닌 마녀 베아트리스였다.

배승민은 단순한 리치가 아니다.

엘더 리치.

리치의 왕인 그이기에 공허를 다룰 수 있었다.

"빨리 정리하도록."

배승민은 이미 이 전장에서 마음이 떠났다. 승리를 확신했고 다른 전장에 손을 대고자 움직일 따름이었다.

엔로스는 거대한 요새와 함께 이동하고 있었다.

요새는 엔로스의 성이자 엔로스 그 자체인 것.

그 주변으로 수십만의 악마가 하늘을 날며 요새를 보호하고 있었다.

"엔로스 님, 선발대가 당했다고 합니다."

엔로스는 요새의 중심, 거대한 왕좌에 앉아 있었다.

악마 하나가 고개를 깊숙이 숙여 최대한의 예를 표한 후 보고를 다하자, 엔로스는 가만히 고개를 끄덕였다.

"알고 있느니라."

"루즈벨 님은 사라졌고 프레이다 님은 소수의 병력과 함께 탈출했습니다."

"그 역시 알고 있다."

엔로스는 모든 걸 보고 있었다. 마왕들의 싸움으로 말미암아 적들의 전력을 파악한 것이다.

"어찌하시겠습니까?"

주변 악마들이 시선을 돌렸다.

두 마왕이 실패했다. 있을 수 없는 일이 벌어졌다.

선발대. 그 숫자가 적었다지만 마왕들이 직접 합세한 일에서 패배를 맞이했으니 엔로스도 가만히 지켜볼 리는 없었다.

이윽고 엔로스가 좌중을 살피며 천천히 입을 열었다.

"발록을 내보내라."

순간, 악마들의 눈이 휘둥그레졌다.

"발록⋯⋯!"

"너무 위험하지 않겠습니까?"

발록은 엔로스도 제대로 제어하지 못한 괴물 중의 괴물이다.

강력한 고대의 악마이며 그저 날뛰는 파멸자!

발록의 발이 닿는 대지는 모든 게 박살 난다. 그리하여 발록에게 붙여진 별명이 '파멸의 전조'였다. 단순 전투력만 놓고 보면 세 마왕보다 강력하다.

한데 발록을 내보낸다?

내보내는 것만이 문제가 아니다. 다시 회수할 때도 상당한 희생을 감수해야 한다.

그럼에도 엔로스가 굳이 발록을 언급했다는 건⋯⋯.

"놈들은 아직 모든 수를 내보이지 않았다."

확실하게 파악하기 위함이었다.

발록을 내보내면 적당히 할 수는 없다. 있는 모든 걸 보여야 할 테고 그 과정에서 놈들이 숨기고 있는 것들이 드러나리라.

엔로스는 확실하게 적들을 파멸시킬 작정이었다.

샤르-샤쟈르를 죽이고, 마왕들을 차례대로 패퇴시킨 그 저력을 엔로스는 높이 샀다.

하지만⋯⋯.

엔로스는 철의 마왕이고 철혈의 마왕이다.

더 이상 적이 없다고 전해지는 최강의 마왕이었다.

'적'이라 인지한 것을 가벼이 상대할 정도로 그는 무르지 않았다.

발록이 나선 순간 감히 대항하지 못할 테지만, 만약 그마저 이겨낸다 하더라도 적들은 결코 승리할 수 없었다.

'보여 봐라.'

엔로스가 지팡이를 강하게 쥐었다.

과연 어디까지 저항할 수 있을까.

개미집을 바라보는 어린아이처럼, 엔로스의 눈가에 흥미가 돋아났다.

프레이다가 입술을 깨물었다.

변덕의 마왕. 그 이름처럼 그는 제법 변덕을 부릴 줄 알았으나, 뒤에 붙은 수식어 덕분에 누구도 그를 탓하지 못했다.

마왕!

악마 중에서도 최고의 계급을 나타내는 단어.

그가 아무리 변덕이 죽 끓듯이 하여도 누구도 그를 함부로 대할 수 없었던 이유다.

그 이름엔 힘이, 명예가, '모든 것'이라 하여도 이상하지 않을 정도의 가치가 부여되어 있었다. 마왕이란 이름을 단 이상 프레이다는 최강이어야 했다.

하지만 그렇기에 인정할 수가 없었다.

'내가 지다니!'

콰드득!

이빨을 으스러지게 깨물었다.

처음 나타난 언데드. 이름이 타긴이라고 했던가?

놈 하나를 상대하는 것까진 이상할 게 없었다. 무식하기 그지없는 전사형 언데드. 비록 생각보다 강하긴 했으나 이기지 못할 정도는 아니었다.

타칸을 압박하며 주변에 지대한 피해를 줬으나, 문제는 세가 막 기울 때쯤 나타난 리치였다.

'엘더 리치……. 세상에 존재하는 엘더 리치는 하나뿐 아니었던가?'

악마의 왕이 마왕이라면, 리치의 왕은 엘더 리치다.

엘더. 이름은 다르지만 서로 비슷한, 혹은 그 이상의 격을 지니고 있었다.

하지만 엘더 리치는 세상에 오직 하나뿐이다.

죽음의 군주!

사방에 존재하는 네 초월체 중 하나이며, 악마들도 진저리 쳐하는 죽음의 화신이다.

그러나 '죽음의 산'이라 불리는, 얼음으로 가득 찬 그곳에서 그는 결코 나오는 법이 없었다.

그러면 프레이다가 본 것은 환상이라도 된다는 말인가?

'오로지 엘더 리치만이 공허를 다룰 수 있다. 그러나 죽음의 군주보단 마력이 현저히 낮았다. 대체 그 리치는 뭐지?'

누구도 다루지 못하는 공허.

마왕들조차 공허는 미지다. 마신 중 몇몇이 공허를 다룰 수 있다고 전해지지만, 마신들조차도 죽음의 군주에 비하면 어린애 장난에 불과했다.

그런 공허의 괴물들을 다루는 리치가 또 달리 있을 리 없었다.

하지만 놈은 절대로 죽음의 군주가 아니었다.

"놈이 새끼라도 깠다는 말이냐!"

콰쾅!

발로 바닥을 강하게 내려치자 주변이 크게 흔들렸다.

리치는 새끼를 깔 수 없다. 언데드 모두가 마찬가지다. 이는 상식이지만, 도저히 상식상 이해할 수 없는 일이었다.

제자는 더욱 말이 안 된다. 엘더 리치 정도의 존재가 또 달리 나타났을 리 없으므로. 그만한 마법사가 리치로 전향한 일은 최소 수천 년간은 없었다.

딱! 딱! 딱!

프레이다가 손톱을 깨물었다.

하여간 졌다는 사실은 변하지 않았다.

그로 인해 자신이 패퇴해야 했다는 것도.

자존심이 상했다.

공을 세워 엔로스의 총애를 받으려 했건만, 이래선 총애는 커녕 목이 달아나지 않으면 다행이다.

"루즈벨······. 루즈벨은 어디서 뭘 하고 있는 거지?"

프레이다의 주변에 남은 악마는 고작해야 200여.

일만의 악마를 이끌고 갔으나 200명만 살아남았다.

하지만 악마들 모두가 묵묵부답이었다.

프레이다가 모르는 걸 그들이 알 리 없었다.

"이렇게 된 이상 루즈벨, 놈을 친다. 놈이 공을 독차지하게 둘 수는 없다."

프레이다의 변덕이 시작됐다. 자신이 갖지 못하는 걸 남이 갖게 할 생각이 없었다.

"루즈벨을 말입니까?"

"이 정도 병력으로 충분할지······."

악마들이 만류했다.

같은 소속의 마왕이라도, 악마들 사이에서 정이나 의리 같은 건 찾을 수 없었다. 뒤를 치는 게 일상다반사. 약해 보이면 잡아먹히는 게 이쪽의 생리다.

숫자가 너무나도 적었다.

루즈벨은 냉정하기 짝이 없는 마왕이니, 프레이다가 다가오면 의심부터 할 것이다.

퍼어억!

그때 프레이다의 손목이 옆에 있던 악마의 목을 반으로 갈랐다.

툭!

악마 하나가 시체가 되어 쓰러지자, 좌중이 조용해졌다.

프레이다는 목에 핏줄을 세우며 말했다.

"그냥 빈손으로 돌아가면 죽는 건 같다. 루즈벨, 놈이 나를 죽일 것이다. 당하기 전에 먼저 친다. 당연한 일 아닌가?"

끌고 온 일만은 프레이다를 추종하는 병력이었다.

그들 다수를 잃었으니 프레이다의 전력이 급격히 줄어든 것과 같다. 루즈벨이 그를 가만히 지켜보고 있을 리 없으니, 먼저 쳐서 전황을 뒤집겠단 뜻이었다.

일면 타당한 말이었기에 악마들도 더는 만류하지 않았다.

"그래, 그럼 루즈벨이 어디쯤……."

쾅!

그때였다.

검은색 생물이 느닷없이 눈앞에 떨어졌다.

예측도 할 수 없었다. 프레이다의 기감을 벗어날 정도로 빠른 속도로 내려앉은 것이다.

프레이다가 고개를 돌렸다.

네 장의 날개를 가진 거대한 검은색 괴물이, 그곳에 있었다.

"발록……?"

두 개로 이루어진 산양의 뿔, 우락부락한 몸짓, 지옥의 그 것처럼 얼굴은 화염으로 둘러싸여 있었다.

발록은 고대에 존재했다는 강력한 악마다.

지금은 그 대부분이 죽고 극소수만이 마계에 살아 있을 뿐이었고, 그 강력한 힘으로 인하여 마신들이 직접 잡아 봉인한 개체가 대부분이었다.

그리고 엔로스는 한 마리의 발록을 가둬두고 있었다.

보다 강력한 주박으로 꿈쩍도 못하게 하고 있었다.

간혹 전장에 투입될 때가 있었으나, 그럴 때마다 보이는 전율스런 광경은 악마들도 혀를 내두를 수밖에 없었다.

적군과 아군을 가리지 않고 공격하는 무차별함!

발록은 최상위의 포식자이며 완벽한 파멸자다.

그런데 발록이 왜 이곳에 있단 말인가?

크르르르르.

발록이 고개를 숙여, 프레이다를 바라봤다.

저 눈빛. 저 악의를 프레이다가 읽지 못할 리 없었다.

오로지 파괴만을 바라는 악질적인 눈빛!

"막아라!"

악마들에게 명했다.

악마들이 날개를 펼치며 무기를 들고 마법을 영창했다.

"Σ'αγαπώ……."

"Γειά σου!"

콰릉! 콰아앙!

발록의 몸으로 무수한 마법이 떨어졌다. 연기가 자욱하게 껐고, 모든 마법을 직격당했다면 누구도 살아남지 못하리라 장담할 정도의 총공격이었다.

하지만.

콰직!

발록은 연기 속에서 움직였다.

빠른 속도로 움직이면 연기가 걷히게 마련이건만, 아무런 미동조차 하지 않았는데 어느 순간 악마들의 앞에 서 있었다.

거대한 손을 놀리며 발록이 악마들을 장난감처럼 짓눌렀다.

이빨을 벌릴 때마다 머리 하나가 통째로 사라졌으며, 날개를 휘두르면 육편이 잘게 썰려 흩날렸다.

그러곤 이내 프레이다 앞에 발록이 섰다.

"감히, 어디서 이빨을 놀리느냐!"

프레이다가 눈살을 찌푸렸다. 그러곤 자신의 꼬리를 뽑아 내 하나의 창을 만들었다.

맞는다면 누구라도 즉사하고 마는 마창. 이 창이 프레이다의 장기이자 최강의 무기다.

퉁!

하지만 마창은 발록의 피부를 뚫지 못했다.

이전 싸움으로 힘이 많이 떨어져 있었기 때문일까?

"이런 말도 안 되는……!"

마창이 통하지 않자 프레이다의 눈이 급격히 커졌다.

그러나 그게 마지막 단말마가 될 줄은 프레이다도 예상하지 못했다.

콰득!

발록이 입을 벌려 프레이다의 상반신을 삼켰다.

그으으으으.

그러곤 만족스럽다는 듯 울음을 내었다.

하지만 아직 배가 부르지 않다는 듯, 입맛을 다시며 주변을 둘러보았다.

그 포식자의 눈빛에, 악마들의 몸이 경직되고 말았다.

그어어어어어어어!

수없이 괴사와 재생을 반복했다.

죽고 살아나고를 반복하는 느낌.

초강도의 살수 훈련을 받을 때도 이 정도의 고통을 느끼진 않았다. 조금만 엇나가면 영혼이 가루가 되어버릴 것만 같았다.

불멸자의 힘을 억지로 필멸자에게 이식하는 과정.

그 과정이 순탄할 리 없었다.

"포기해라. 너는 이 고통을 견딜 수 없다."

누군가가 말했다.

무영은 이내 말소리의 주인이 루키페르임을 알아차렸다.

"내게 주도권을 넘겨라. 나 역시 불멸자이니 저 힘이 더 이상 너를 침범하지 못할 것이다."

주도권을 넘기면 편안해지리라.

루키페르는 유혹하고 있었다. 자신에게 넘기면 모든 게 해결된다며.

틀린 말은 아닐 것이다.

루키페르는 거짓을 말하지 않는다. 다만, 교묘하게 유혹할 뿐.

하지만 무영은 답하지 않았다. 그저 버텼다.

무영이 할 수 있는 건 이를 악물고 버티는 것뿐이었다.

"네가 인정하지 않으면 고통은 끝나지 않는다. 불멸자의 힘은 너를 파멸시키리라. 이대로 너의 육신과 혼에 금이 가면 나 역시 멀쩡할 순 없다. 그러니 이번 일은 힘을 빌려주마. 주도권을 넘기면 이 모든 고통으로부터 해방시켜 주마."

무영의 혼과 루키페르의 혼은 반씩 섞여 있는 상태였다.

그 상태로 무영에게 무리가 생기면 루키페르도 멀쩡할 순 없다.

그래. 그건 사실이다. 그러니 루키페르도 안달이 날 수밖에.

하지만, 과연 주도권을 넘겨주면 그가 다시 무영에게 육체를 양보할까?

절대로 그런 일은 없을 것이었다.

한 번 넘어간 주도권을 다시 뺏어오는 건 불가능했다.

과거 무영은 혼을 숨기는 방법으로 역습을 가했으나, 그 방법이 또 통할 리도 없었으므로!

콰득! 콰득! 콰드득!

육체가 찌부러진다. 그리고 다시 팽창한다.

뼈를 섞고 힘줄을 끊고, 뼈를 분리하는 고문법, 분골착근도 몇 번이나 겪었던 무영이지만 이건 그러한 고통과는 차원이 달랐다.

"아프지 않느냐? 네 아무리 강하다 하여도 필멸자가 견딜 수 있는 한계점이란 건 반드시 존재하는 법이다. 살아 있는 생명이기에 너는 결코 이 힘을 감당할 수 없다. 아니면 죽은 뒤 언데드가 될 테냐? 네가 만든 리치처럼? 그것도 나쁜 방법은 아니겠구나."

말이 많다.

루키페르는 본래 이처럼 말이 많은 놈이 아니다.

지금이 무영에게서 주도권을 뺏어올 절호의 기회라고 판단한 거겠지.

하지만 그럼에도 무영은 약간의 이질감을 느꼈다.

고통으로 인해 정신이 피폐해진 상태지만 무영은 그 허점을 결코 놓치지 않았다.

이토록 필사적으로 루키페르가 군 것은 처음이었다.

'아아.'

그제야 무영은 깨달았다.

둘의 혼은 반씩 섞여 있었다.

무영이 약화되면, 루키페르도 약화된다.

여태껏 루키페르는 자기 스스로를 보호하고 있었다. 무영이 가진 가브리엘의 힘과 다른 모든 힘으로부터 말이다. 정화되지 않고, 스스로를 잃지 않으려고 문을 굳게 닫았다.

하지만 지금은 그 문이 강제로 열리게 됐다. 무영의 혼이 약화되자 더는 방어를 할 수 없는 경지에 이른 것이다.

가브리엘의 힘 역시 크게 작동하지 않고 있지만, 만약 무영이 그 사실을 깨닫게 되면 루키페르는 자신의 존재 자체를 먹힐 수도 있게 된다.

그리고 루키페르는 절대로 무영이 이 사실을 깨닫지 못했으리라 확신하고 있었다.

만약 조금만 더 무영이 피폐해져 있었다면, 이러한 사실을 알아차리지 못했으리라.

그러니 저토록 무영을 약화시키고 유혹하려 드는 것이었다.

"주도권을 넘겨라. 불멸자의 힘을 내가 중화시켜 보이마. 나 루키페르의 이름으로……."

"그렇군. 너도 불멸자였지."

무영이 손을 뻗었다.

그리고 루키페르의 혼을 쥐었다.

타칸은 검을 보았다.

두 동강 난 검신. 프레이다에게 패하고 남은 상처다.

바로 수복할 수 있음에도 타칸은 그러지 않고 있었다.

패배를 곱씹고 이유를 찾기 위함이었다.

'나는 강해진 게 아니었던가?'

강해졌다고 생각했다. 실제로 수많은 강자를 꺾으며 자신의 힘을 입증했다.

하지만 그건 어디까지나 '인간'의 기준이었던 모양이다.

타칸이 강해진 만큼, 아니, 그 이상으로 무영과 배승민은 완성되었다.

무영이라 정체가 모호한 놈이니 그럴 수 있다손 치더라도, 배승민은 의외였다. 루즈벨을 처리한 걸로도 모자라 프레이다마저 꺾어버린 그 위용은 타칸조차 전율할 광경이었다.

배승민의 손에서 나타나는 무수한 죽음들, 공허의 괴물들.

프레이다는 배승민 앞에 속수무책이었다. 그의 악마들 역시 그저 넋 놓고 당할 수밖에 없었다.

타칸은 무영 다음으로 '격'의 차이를 느낄 수밖에 없었다.

마치 절벽 위의 꽃을 바라보는 느낌이었다.

손을 뻗어도 닿지 않는다.

특히 배승민은 타칸보다 약했었기에 충격이 더욱 컸다.

대체 언제 저 정도로 앞서 나간 걸까?

고작 2년 사이 그에게 무슨 일이 있었던 것일까?

그리고 지난 2년간 타칸 자신은 무엇을 하고 있었는가.

'역전당했다.'

수년 전만 하더라도 배승민은 타칸보다 한 수 아래였다.

혹시 자만하고 있었을지도 모른다.

나는 강하다, 강해졌다, 강해질 것이다.

너무나 당연시하게 생각해서 별다른 고민도 하지 않았던 건 아닐는지.

타칸은 영지를 벗어났다.

영지는 잠시나마 승리의 축제를 벌이는 중이었다.

어쨌든 선발대를 막았으니 후발대가 도착하기 전까지 시간이 있었다.

영지를 벗어나 숲 깊숙한 곳으로 들어갔다.

'아직 싸움은 끝나지 않았다.'

그래. 스스로를 질책해 봐야 바뀌는 건 없었다.

배승민이 강해졌다면, 타칸도 강해지면 된다.

전쟁은 강해지기 위한 최고의 조미료다. 마왕들을 처치했대도 엔로스가 남았다. 그의 휘하 악마들은 못해도 수십만이 넘어갈 것이다.

지금 영지에서 축제를 벌이는 것도, 그것을 알기에 긴장감을 해소하고자 벌이는 것이었다.

획! 획!

하지만 타칸은 부서진 검을 휘둘렀다.

남들이 놀 때 조금이라도 부지런히 검을 휘둘러 격차를 줄이기 위함이었다. 그 차이가 얼마나 나겠느냐마는, 요컨대 마음가짐의 문제였다.

'확실히 요즘 조금 나태해져 있었다.'

스스로가 강해졌다는 착각을 가진 뒤 수련을 조금 등한시한 감이 있었다.

이번 싸움과 배승민의 출현으로 더욱 절실하게 깨닫게 되었다.

아수라도의 군주 중 하나였으나, 군주로서의 자질은 부족하다. 조금 더 힘을 가져야 진정한 군주로 발돋움할 수 있을 것이었다.

적어도 배승민과 무영을 꺾기 전까진…… 진정한 군주를 논할 수 없다.

군주란 오로지 승리하고 군림하기 위해 존재하기에!

부스럭!

기척이 느껴졌다.

타칸은 검을 멈추고, 조심스럽게 몸을 돌렸다.

바람과 풀잎 소리가 아니었다면 그냥 지나쳤을 정도로 실력이 있는 자들이었다.

"누구냐?"

혹시 도망친 악마들인가?

프레이다는 자신의 휘하 악마들과 함께 도망을 꾀했다.

그러니 지금 나타난 상대가 프레이다와 악마들이라면 대환영할 일이었다.

이윽고 나타난 인원은 둘.

둘은 둘인데, 행색이 말이 아니었다.

산발을 하고 헤진 옷을 입은 여인과 눈빛은 살아 있으나 얼굴이 많이 여윈 민머리 노인이 나무 위에서 타칸을 바라보고 있었다.

"스승님, 데스나이트예요. 저건 먹을 수 있을까요?"

"아서라. 뼈밖에 없는 괴물을 어찌 먹을 수 있겠느냐."

둘은 많이 굶주린 것 같았다.

하기야 숲이라고 하더라도 생명체는 얼마 없다.

풀조차 대부분 독을 가지고 있었다.

인간이 함부로 먹었다간 탈이 나기 십상이다.

"외부의 인간이 어떻게 이곳에 있는 거지?"

타칸은 검을 들었다.

하지만 의문은 의문이었다.

마신의 영역을 가로막은 '천경'은 침입을 결코 허용하지 않는다. 원래부터 이곳에 있었던 인간이 아니라면, 천경을 넘어서 들어올 수 있을 리가 없다.

여인과 노인은 그런 타칸을 바라보며 감탄했다.

"제법 지성이 있는 데스나이트 같아요."

"잡아서 이것저것 물어보면 되겠구나."

이어 둘은 묘한 자세를 갖추더니, 타칸을 향해 도약했다.

"뭐 하는 놈들인지는 모르겠다만, 공격한 이상 멀쩡히 살아갈 생각은 마라."

마침 기분이 꿀꿀한데 잘되었다. 프레이다와 악마들이었다면 더 좋았을 테지만, 어쨌거나 허락받지 않은 손님이 이곳을 배회하는 걸 가만히 두고 볼 수도 없는 노릇.

타칸이 반쯤 부서진 검을 휘둘렀다.

촤악!

검에서 솟아난 마력이 허공을 갈랐다.

여인과 노인은 약속이라도 한 것처럼 동시에 양쪽으로 나뉘었다.

양방에서 타칸을 공격하기 위함이다.

'제법.'

호흡이 잘 맞는다.

그 외에도 실력 또한 출중했다.

인간들 기준에서 이만한 몸놀림을 보이는 자들은 거의 없었다.

하지만 타칸은 이미 '인류 10강'이라 칭해지던 자들과 싸워 본 전적이 있었다.

쾅!

하지만 여인과 노인의 공격도 타칸에게 별다른 타격을 주지 못했다.

곧이어 둘은 연계하여 공격과 수비를 동시에 해냈다.

단순한 권법과 각법임에도 그 조예가 남다르다. 게다가 둘이 조화를 하자 본 실력 이상을 내보이는 것 같았다.

'그러나 부족하다.'

어디까지나 비교대상이 무영과 배승민이라 그렇지, 객관적으로 봤을 때도 타칸은 충분히 강자라고 할 수 있었다.

타칸이 검을 횡으로 베었다.

여인이 낮게 뛰어올라 검격을 피하자, 꺾을 수 없는 각도로 몸을 틀어 여인이 피한 장소로 다시금 검을 놀렸다.

데스나이트. 이미 죽은 시체의 몸이기에 가능한 기예!

"칫!"

차창!

여인의 몸에서 비수가 튀어나와 타칸의 검을 막았다.

"하압! 잡았다, 이놈!"

그러자 뒤에서 노인이 타칸의 몸을 잡았다.

타칸의 전신을 부숴 버릴 작정으로 근육이 팽창했다.

스으윽!

하지만 타칸의 몸이 증발했다.

노인이 눈썹을 찡그리자, 여인이 급히 얇은 소검을 날렸다.

"스승님! 뒤!"

좌아악!

하지만 완벽히 방어해 내진 못했다.

노인의 등가죽이 검에 썰렸다.

공간이동 마법으로 말미암아 타칸의 노인의 뒤로 이동한 것이다.

"괴물 주제에 제법이구나!"

상처를 돌아보지도 않으며 노인이 외쳤다.

'머리를 노렸건만.'

순발력이 장난이 아니었다.

0.01초만 늦었어도 머리가 그대로 베어나갔을 것이었다.

'재미있군.'

타칸이 그제야 흥미를 느꼈다.

이 인간들, 상당한 실력자다. 어쩌면 '10강'이라 칭해지는 어지간한 인간보다 강할지도 모르겠다.

몇 시간을 내리 싸웠다.

전쟁을 방불케 하는 광경들이 계속해서 이어졌고 주변 숲이 초토화됐다. 수많은 나무가 베였고, 땅은 지진이라도 난 듯 패였으며, 그 중심부에 두 인간이 쓰러져 있었다.

"역시 인간은 함부로 재단할 수 없는 종족이군."

이겼지만, 타칸은 감탄했다.

검은 부서지다 못해 아예 가루가 됐다.

뼈도 몇 개가 나가 있었다. 최소 이틀은 요양을 해야 할 듯 싶었다.

프레이다와의 싸움으로 만전은 아니었으나 그건 두 인간도 마찬가지였다. 오랜 시간 제대로 된 음식을 섭취 못해 육체가 약화되어 있었다.

하지만 그래도 저들이 먼저 타칸을 공격했다는 사실은 변치 않는다.

피를 흘리며 기절해 있는 둘을 향해 타칸이 검을 들었다.

"그래도 깔끔하겐 죽여주마."

강자에 대한 예의다.

고통스럽지 않게 한 번에 죽이는 것.

타칸이 여인에게로 다가갔다. 이어 검을 휘두르려는 찰나, 여인이 작게 중얼거렸다.

"아빠…… 무영 아저씨……."

타칸이 잠시 멈칫했다.

무영?

잘못 들은 건 아니다.

분명히 여인은 '무영'이란 이름을 입에 담았다.

타칸이 아는 무영은 한 명뿐이었다.

설마 그 무영을 말하는 걸까?

'놈과 연관되어 있는 건가?'

타칸은 고개를 내저었다.

무영과 연관되어 있다면, 함부로 죽일 수는 없었다.

"그 이름이 너희의 목숨을 살렸다."

타칸은 양쪽 어깨에 둘을 들러맸다.

긴 꿈을 꾼 것 같았다.

아빠가 멀쩡하고, 무영 아저씨가 있는 그 장소에서 배수지
는 그저 웃고만 있었다.

하지만 이내 암운이 드리우며 두 존재가 사라졌다.

배수지는 울었고, 그렇게 꿈은 막을 내렸다.

"헉……!"

급히 상반신을 들어 올렸다.

땀이 줄줄 흘렀다. 전신이 식은땀투성이였다.

'여기는?'

일어난 이후 배수지는 다시 한번 놀랄 수밖에 없었다.

전혀 본 적 없는 곳이었다.

넓은 침대와 하얀 천장. 벽면엔 고풍스런 그림들이 걸려
있었다.

"일어나셨어요?"

시녀복을 입은 여자가 배수지에게 자연스레 다가왔다.

"어휴, 땀 좀 봐."

그러더니 물수건을 들고 배수지의 이마를 훔치기 시작했다.

"누, 누구시죠?"

배수지는 어안이 벙벙한 채로 물을 수밖에 없었다.

시녀로 보이는 여자가 방긋 웃었다.

"영주님의 손님이라 들었습니다."

"손님이라니요?"

그러자 시녀가 고개를 갸웃했다.

"엠페러 나이트께서 그렇게만 말씀하셔서요."

"엠페러 나이트······?"

"아아, 그니까 전신이 뼈로 이루어진 기사님이세요. 못 보셨나요?"

"데스나이트······."

"세간에선 그렇게 부른다더군요."

배수지가 눈을 크게 떴다.

권왕과 배수지는 데스나이트를 발견하고, 곧장 덤볐다.

그러나 패하고 말았다.

분명히 죽었어야 하는데, 손님으로 받아들였단다.

앞뒤가 정리가 되질 않았다.

특히 눈앞의 시녀. 분명히 인간이었다. 죽음의 기운은 전혀 느껴지지 않았다.

'어떻게 데스나이트와 인간이 함께 있을 수 있지?'

"조금 기다려 주시겠어요? 지금 영주님을 뵙는 건 불가능해요."

"저기, 저와 함께 있던 사람은요? 머리카락이 없는 사람이요."

"아아, 그분은 다른 방에 계세요. 아직 일어나시지 않았답니다."

휴우!

배수지는 한숨을 내쉬었다.

어쨌건 죽지는 않은 것 같았다.

"조금 더 누워 계세요. 먹을 걸 가지고 올게요."

"아, 아뇨. 괜찮아요. 제가 다른 건 몰라도 몸은 정말 튼튼하거든요. 그보다 주변을…… 주변을 둘러볼 수 있을까요?"

"정말 괜찮으세요? 영주님의 손님께 무슨 일이 생기면 문제가……."

"아! 정말 괜찮아요. 보세요."

배수지가 물구나무를 섰다.

이어 손가락 하나로 침대 위를 돌아다녔다.

"튼튼하죠?"

"그래 보이네요."

시녀가 피식 웃으며 고개를 끄덕였다.

"안내해 드릴게요."

이곳은 성이었다.

그것도 엄청 커다란 성!

놀라운 건 그뿐만이 아니었다.

'도, 도깨비, 엘프, 드워프…… 불타르! 여긴 대체 뭐야?'

온갖 이종족이 모여 있었다. 절대 함께할 리 없는 그런 이종족들이 말이다. 하물며 불타르도 있다는 걸 확인하곤 입을 벌릴 수밖에 없었다.

"아, 잠시만요. 잠시만 기다리세요."

배수지를 안내하던 시녀가 돌연 일이 생겼다는 듯 자취를 감추었다.

홀로 남겨진 배수지는 잠시 고민하다가 혼자 움직이기 시작했다.

'여긴 뭔가 이상해. 더 알아봐야겠어.'

저들의 의도가 그저 순수하다고 믿기는 어려웠다.

동화 같은 세상이지만, 정신을 바짝 차려야 했다.

배수지는 최대한 기척을 죽인 채 움직였다.

그렇게 계단을 올라 특정 방에 다다랐을 때였다.

"아랑드, 돈탁. 검은색 괴물이 영지 바깥을 배회하고 있다는 소식이 들어왔다. 프레이다와 그의 악마들의 시체로 보이는 것들도 발견했다고 하더군."

"저희가 해야 할 일이 있습니까?"

"병력을 꾸려서 주변의 순찰을 더욱 강화해라. 엔로스의 본대가 도착하기까지 10일가량이 남았으나 그 안에 무슨 일이 벌어질지 모른다."

"알겠습니다, 궁정마법사님."

"그리고……."

틱!

방안의 누군가가 지팡이를 두드렸다.

"쥐새끼가 숨어 있군."

배수지가 숨을 크게 멈췄다.

끼이익!

이어 문이 열리며, 검은 손들이 배수지를 향해 무수히 덮쳐왔다.

하지만 문이 열린 배수지는 보았다.

'리치?'

하지만 반응할 새도 없었다. 단순한 놀람 때문만이 아니라, 리치의 대처는 정말로 신속했다. 즉시 제압되어 검은 손들에 의해 전신이 꽁꽁 묶였다.

"읍! 으읍!"

입술을 억지로 벌리려 했으나 소용이 없었다.

이윽고 리치가 다가왔다. 리치와 함께 있던 도깨비와 엘프도 함께 있었다.

"인간?"

"처음 보는 얼굴인데?"

모두가 배수지의 얼굴을 보고 의아해하였다. 그나마 다행인 건 즉결 처분하지 않았다는 정도일까.

하지만 배수지는 눈앞에서 느껴지는 까마득한 마력에 기겁할 수밖에 없었다.

'보통 리치가 아니야!'

자신을 속박한 이 검은 손들.

하물며 느껴지는 존재감 역시 일반적인 리치를 넘어섰다.

그런데…….

알 수 없는 일이었다.

그러는 와중 묘하게 묻어나는 익숙함은 뭐란 말인가.

"성내로 기어들어온 외부인인가?"

리치는 차가웠다. 만년한설이라도 불 것만 같은 냉랭한 목소리였다. 여기서 고개를 끄덕였다간 그대로 몸과 머리가 분리될 것만 같았다.

스르르. 배수지의 입을 막던 손들이 풀려났다.

발언의 허가가 주어진 것이다.

'어떡하지?'

묘하게 익숙하지만, 역시나 무섭다. 리치란 존재는 본래 본능적인 공포를 가져다주는 존재였다. 데스나이트와는 또 다르다. 싸울 생각마저 싹 가라앉을 정도였다.

싸워봤자 이길 것 같지도 않았다.

'말해야 해.'

이대로 입을 닫고 있으면 해결되는 건 없다. 눈앞의 리치가 저 차가운 손으로 목을 긋기 전에 입을 열어야 했다.

"여, 영주님의 손님. 이라는 거 같아요."

들은 대로 말했다.

물론 그런 적은 없었지만, 그렇다고 하니까 그런 모양이라고 생각하면서.

그러자 리치가 잠시 머뭇했다.

"영주님의?"

왜인지 모르지만 여기서 '영주'라는 단어는 프리패스 티켓과 같은 모양이었다. 순간이지만 리치마저 흔들리게 할 정도이니 말이다.

"그런데 말이 조금 모호하군. 같다, 라는 건 자기 자신도 모른다는 건가? 말해라. 경우에 따라선 살아 있는 게 괴로울 정도로 처참히 죽여줄 수도 있으니."

뾰족한 손톱이 배수지의 턱에 닿았다.

그 순간, 속이 울렁거렸다. 심장이 거세게 뛰었다. 죽음의 손길이 내장을 휘젓는 기분이었다.

지금 리치는 배수지의 정신을 조금씩 장악하고 있었다.

거짓을 말하지 못하게 만든 셈이다.

"데스나이트와 싸우고…… 정신을 차려보니 이 성이었어요. 당신들은 대체 누구죠? 여기는 어디고요?"

배수지도 그를 알았다. 완벽하게 거짓을 말할 수 없다면, 그 순간 리치가 알아차릴 거라는 사실을.

그래서 대놓고 물었다.

"타칸의 손님인가?"

배승민이 손을 떼고 턱을 쓸었다.

거짓은 없는 듯싶었다.

타칸? 혹시 데스나이트의 이름이 타칸인 걸까?

하나 배수지는 고개를 저었다.

"저는 누구의 손님도 아니에요. 제가 원해서 들어온 게 아니니까요."

"원하지 않는데도 이 성에 들어올 수 있는 '인간'은 없다."

하지만 리치는 냉정하게 단언했다. 그러곤 몸을 돌려, 옆 엘프에게 말했다.

"아랑드. 길을 잘못 든 것 같으니 안내를 해주도록."

"예, 알겠습니다."

선이 얇은 남성형의 엘프가 고개를 숙이며 명령을 따랐다.

이내 배수지의 팔을 붙잡고, 억지로 일으켜 세운 뒤 질질 끌고 이동하기 시작한 것이다.

하지만 끌려가는 와중에도 배수지의 시선은 리치에게 고정되어 있었다.

뭘까, 이 기분은.

저 리치를 어디선가 본 것만 같은…….

그런 기분이 들었다.

배승민은 다시 몸을 돌려 방 안으로 들어갔다.

타칸이 들여온 인간이라면 이유가 있을 것이다.

타칸은 배승민이 믿는 몇 안 되는 존재 중 하나였으니, 그가 데려온 '손님'도 함부로 손대중을 할 수는 없었다.

"거대한 검은 괴수……."

방 안에는 몇 개의 수정이 비치되어 있었다. 그리고 그 수정에는 검은 괴수의 흔적들이 비추어지는 중이었다.

영지 주변으로 배승민이 뿌려놓은 탐색 마법의 결과물이었다.

하지만 그 속도가 워낙 빨라서 제대로 형상을 잡은 건 몇 개가 없었다.

강력한 건 확실하다. 어쩌면 배승민 이상으로.

영주인 무영이 아니고선 일대일로 상대할 자가 없을 듯했다.

하나 괴물의 의도를 알 수가 없어서 문제였다.

계속 주변을 어슬렁거리기만 하니, 따로 원하는 게 있는 걸까?

"흐음."

배승민은 고개를 내저었다.

왜인지 영상이 잘 눈에 들어오지 않았다.

쥐새끼라 단언했던 그 여자를 본 뒤부터 정신이 혼잡했다.

'어디선가 본 적 있는 것 같군.'

배승민이 지팡이를 짚자 검은색 들소 한 마리가 소환됐다.

그 위에 걸터앉은 배승민이 턱을 두드리며 잠시 생각에 잠겼다.

여인, 이라고 하기엔 살짝 어려보이는 인상. 이제 십 대 후반이 겨우 되었을 것 같았다.

그런데 어디선가 본 기분이다.

배승민은 한 번 본 것을 절대로 잊지 않는다. 그런데도 기억이 안 난다는 건…….

'기억을 잃기 전인가?'

배승민의 기억은 불완전하다.

계속해서 떠올리려 했지만, 모든 게 떠오르진 않았다.

'무언가를 찾아야 한다'라는 강렬한 기시감이 있었으나 그게 정작 무엇인지는 몰랐다.

그런데 이 익숙함과 그리움은 뭔지.

설마 자신이 찾던 존재가 저 여자인 걸까?

'너무나도 공교롭군.'

그럴 리가.

만약 그렇다면 운명의 장난이다.

그리고 배승민은 운명을 믿지 않았다.

자신이 찾던 게, 스스로 자신을 찾아올 리 만무했다.

비슷하더라도 그저 스쳐 지나가는 인연 중 하나였겠지.

'잃어버린 기억을 찾는 건 전쟁에서 승리한 뒤다.'

엔로스는 마왕들 중에서도 최강이라 일컬어지는 존재다.

그를 이기면, 마신들의 싸움에 한 발자국 다가서는 것과 같다.

무영은 이 싸움에 제법 많은 기대를 걸고 있었다.

그리고 엔로스가 등장하기 전까지 시간을 끌어주는 게 배승민의 역할이었다.

'그분의 승리를 위하여.'

기억을 잃은 배승민이 가진, 유일한 한 가지.

바로 무영의 승리를 위한 말이 자신이라는 것이었다.

"죄송합니다, 죄송합니다, 죄송합니다!"

시녀가 아랑드라 불린 엘프를 향해 연신 고개를 떨어뜨렸다.

"궁정마법사께서 아량을 베풀어주셨다. 고마운 줄 알도록."

"예!"

엘프가 그 말을 남기곤 돌아서자, 시녀가 십 년은 감수한 표정을 지어보였다.

이내 엘프가 시야에서 사라졌을 때 시녀가 가까스로 입을 열었다.

"어휴, 어디 가지 말라고 했잖아요. 저희 둘 다 큰일 날 뻔했어요."

"죄송해요."

배수지는 솔직하게 말했다.

시녀의 말마따나 가만히 있었다면 이런 일을 당하진 않았을 것이다.

"그래도 다행이에요. 궁정마법사님은 꽤 좋으신 분이니까요. 만약 칼무흐 님께 걸렸다면…… 어휴!"

"칼무흐가 누군가요?"

"영지에서 드워프들을 이끄는 분이세요. 손기술이 장난이 아니라니까요?"

손기술. 대장장이의 기술을 뜻하는 것 같았다.

"이런 일이 또 생기면 안 되니까 정신 똑바로 차리고 따라오세요. 제대로 안내를 해드릴게요."

"고마워요."

시녀가 옷매무새를 다시 정리를 하더니, 이윽고 움직이기 시작했다.

"여기는 주방, 여기는 재료보관실, 여기는 마법연구실, 여기는 드워프들이 이용하는 대장간……."

배수지의 표정이 시시각각 변해갔다.

그리고 그 변화의 중심에는 '놀라움'이 있었다.

일단 모든 게 컸다. 모든 것의 규모가 장난이 아니었다.

배수지는 그간 대도시에 있었다. 대도시에 존재하는 거대한 건축물들을 수없이 봐왔다.

그런데 그에 못지않았다. 부족하지 않고 오히려 부분부분

뛰어나기까지 하였다.

'여기는 대체?'

이만한 규모의 대집단이 마신의 영역에 자리잡고 있었을 줄이야.

대도시가 전부인 줄 알았던 배수지로선 문화충격에 가까운 일이었다.

게다가 장소마다 다른 종족들이 자리하고 있었다.

그들의 자리를 존중하고 침범하지 않지만, 그럼에도 서로가 조화되어 있는 광경이 마치 꿈을 꾸는 것만 같았다.

"여기는 술창고에요. 이름처럼 술을 보관하는 곳이랍니다."

"술창고요?"

그리고 가장 크게 관심을 보인 건 당연히 술창고였다.

"여기라면 들어가도 괜찮답니다. 한번 들어가 볼까요?"

"네."

즉시 답했다.

시녀가 방실 웃으며 술창고 안으로 들어섰다.

술창고는 엄청나게 컸다. 여태까지 본 모든 시설 중에 가장 큰 것 같았다.

"술을 좋아하는 분이 너무 많아서요. 몇 번이나 증축을 했답니다."

시녀가 신나서 설명을 계속했다.

그 말을 귀담아 듣던 배수지지만, 창고 중간에 이르러선 긴장할 수밖에 없었다.

"저 거인은 누구죠?"

"어디요? 아, 오가르 님!"

거대한 불의 거인 하나가 구석에 앉아 술통을 입에 들이붓고 있었다.

불타르다. 거인 중에서 가장 강하고 까탈스럽다고 여겨지는 괴물!

특히 눈앞의 불타르는 평범한 불타르가 아닌 것 같았다.

배수지가 경계하자, 시녀는 양손을 허리에 얹은 채 씩씩대며 다가갔다.

"오가르 님! 또 창고에 숨어 드셨네요! 마음대로 마시면 안 된다니까요?"

"흥, 엘프들이 빚은 술을 최고다. 마시지 않으면 그건 범죄야."

오가르라 불린 불타르가 콧방귀를 끼었다. 그러다가 오가르가 눈을 돌려 배수지를 바라봤다.

"그런데 처음 보는 얼굴이로군. 뭐냐, 네 애냐?"

"그게 무슨 소리세요! 저 아직 결혼도 안 한 처녀거든요!"

"인간의 나이는 좀처럼 알아볼 수가 있어야지. 인간들 얼굴은 다 고만고만하게 생겼단 말이다. 무영, 그놈은 그나마 특이하게 생겨서 구분이 된다만. 너도 이참에 뿔을 한 번 달아보는 건 어떠냐?"

"말 돌리지 마시고요. 빨리 나오세욧!"

"파리처럼 왱알왱알…… 알았다, 알았어. 거참 술도 마음 대로 못 마시는군."

입맛을 다시며 오가르가 일어났다.

인간에게 쩔쩔매는 불타르라니, 난생 처음 보는 광경에 배수지는 넋을 잃었다. 그러던 와중 오가르가 꺼낸 단어 하나를 생각해 내곤 눈을 부릅떴다.

"무영!"

"응?"

"지금 무영이라고 했나요?"

"뭐냐, 이젠 무영을 무영이라고 불러도 안 되는 거냐?"

오가르가 머리를 긁어댔다.

배수지의 심장이 격하게 뛰었다.

격정, 놀라움 그리고 반가움.

설마 달리 '무영'이란 이름을 쓰는 사람이 있을 것 같지는 않았다.

"그게 아니라…… 무영 아저씨를 아세요?"

"지금 날 놀리는 거냐? 여기의 왕이 무영 아니냐."

왕이라……!

그리고 보니 시녀도 배수지가 영주를 찾아왔다고 했다.

데스나이트 타칸이 배수지를 이곳에 데려다 놓은 건, 배수지가 무영과 연고가 있다는 걸 알아차렸기 때문이 아닐까?

'아저씨가 이곳에 있어.'

무영이 죽지 않은 걸 알았다.

대도시를 공격한 것 역시 알고 있었다.

찾으면, 그 이유를 물어볼 생각이었다.

하지만 가까이 있다는 생각이 들자 머릿속이 텅 비었다.

만약 바로 옆에 있었다면, 생각할 것도 없이 일단 껴안고
봤을 터였다.

"제가 그 영주님을 만날 수 있을까요?"

그러자 옆에 있던 시녀가 고개를 저었다.

"지금은 안 돼요. 영주실에는 아무도 들어갈 수 없어요."

"왜죠?"

"영주님의 명령이에요. 그 외엔 저도 몰라요. 아니면 칼무
흐 님을 찾아가보세요. 그분은 자세히 알고 계실 거예요."

그 말을 듣던 오가르가 끼어들었다.

"오오, 칼무흐에게 가는 길인가? 그렇다면 나랑 같이 가
지. 마침 나도 녀석에게 볼일이 있었거든."

"보나마나 칼무흐 님께 술을 얻으러 가는 거죠?"

"커흠."

오가르가 헛기침을 내뱉었다.

"안 된다."

이야기를 전해 들은 칼무흐가 고개를 저었다.

절대로 안 된다는 글자가 얼굴에 써 있는 것만 같았다.

"저는 그분을 꼭 만나야 해요."

"지금은 안 돼. 게다가 외부인이 함부로 만날 수 있는 분이 아니시다."

"그럼 제가 어떻게 해야 만날 수 있죠?"

"어떻게 해도 만날 수 없다. 이제 처음 본 인간을 어찌 영주님과 대면시킬 수 있단 말이냐.

"하지만 저를 데려온 건 타칸이라는 데스나이트……."

"그래도 안 돼."

칼무흐는 단호했다.

마치 철옹성 같았다.

그때 오가르가 물었다.

"무영은 아직도 안 나오고 있는 건가? 벌써 삼 일이 지났는데."

"기다려 보게. '영원'을 자신의 것으로 만드는 일이네. 제아무리 영주님이라고 하더라도 쉬울 리 없을 게야."

"딱히 걱정은 안 해. 녀석은 진짜로 뭐든지 다 해버릴 것만 같은 인간이니. 그나저나 남은 술 좀 있나?"

"술고래가 다 됐군."

"술은 낭만이지. 낭만을 모르는 자들과는 이야기가 안 통해."

"그건……."

쿵!

그때였다.

성 전체가 흔들렸다.

하지만 소리가 들린 건 성의 바깥이었다.

부우우우우웅-!

거대한 나팔 소리가 들렸다.

그 소리를 듣고 오가르가 표정을 굳혔다.

"적이 나타났군."

"나팔 소리가 심상치 않다. 설마 검은 괴수가 나타난 건가?"

오가르가 가장 먼저 몸을 움직였다.

칼무흐도 해야 할 일이 있다는 듯 발을 놀리기 시작했다.

"저기요, 저는?"

"얌전히 있어라."

그게 조언의 전부였다.

결국 배수지는 혼자 남았다.

혼자.

아무도 자신을 지켜보는 자가 없었다.

'절호의 기회야. 이 기회를 놓칠 순 없어.'

이번에는 전보다 더욱 조심할 것이다. 리치에게 걸렸을 땐 넋을 놓고 방심하고 있었다.

배수지는 최대한 기척을 죽이고 그림자에 녹아들었다.

'무영 아저씨가 이곳에 있어.'

다신 못 볼 줄 알았던 사람이 있다.

그런데 가만히 있으라니, 그것이야말로 고문이 따로 없었다.

배수지는 움직였다.

무영의 방 찾기가 시작됐다.

무영은 껍질 안에 갇혔다.

정확히 말하자면 번데기. 새로운 힘을 받아들이고자 변태하는 과정 중간에 놓인 것이다.

이러한 현상은 무영이 루키페르의 혼을 완전히 쥐었을 때 발생했다.

'신격을 몸에 담는다.'

무영과 루키페르는 합쳐져 있었으나 무영이 신격을 사용할 수는 없었다.

기껏해야 '흉내'를 내는 데 그쳤다.

만약 무영이 불멸자였다면 진심으로 신격을 나타낼 수 있었을 것이다.

그러나 지금 무영은 불멸자가 되어가는 과정이었다.

루키페르의 혼을 완전하게 흡수했다. 놈이 굳게 잠가둔 문을 열고 들어가 그 집을 강제로 점거해야 했다고 할 것이다.

집주인, 루키페르는 어이가 없어할 일이지만 그는 현재 무영에게 완전히 녹아버렸다. 그의 혼은 무영의 습격에 의해 갈가리 찢어져서 다시 재탄생했다.

이제는 온전히 무영의 집…… 무영의 그릇이 된 것이다.

그리고 새로운 주인에 걸맞은 집으로 도배를 하고자 무영은 탈피의 과정을 겪고 있었다.

속이 비치는 알이 생성되었고 무영은 그 중심부에 존재했다.

눈을 감은 채 아무런 의식조차 갖지 못하고서.

'신격 그 자체가 된다.'

마치 주문처럼 되뇌었다. 몽롱한 꿈에 잠겨 있는 느낌이었다. 천하의 무영조차 자신의 몸을 마음대로 가눌 수 없을 정도였으니.

그리고 그 과정에서 새로운 힘이 난입했다.

바로 '가브리엘'의 힘.

결코 타락하지 않는 그 힘이 무영의 혼을 위협하기 시작한 것이다.

아마도 무영이 불멸자가 되는 것을 가브리엘의 힘은 '타락'으로 정의한 모양이었다.

하기야 필멸자가 불멸자가 되는 일이 정의로울 수는 없었다.

예상외의 변수. 변이는 계속해서 불안정하게 지속됐다. 멈추진 않았으나 가브리엘의 힘은 거세게 반발했다. 필멸자를 불멸자로 만드는 일을 가브리엘의 힘은 용납하지 않았다.

하지만 변태 자체를 막을 수는 없었다.

불멸자의 피부, 루키페르와 무영의 혼이 합쳐지며 생겨난 견고한 막.

반대로 가브리엘의 힘은 약화되어 있었던 탓이다.

그래서 아예 다른 수를 냈다.

필멸자가 불멸자로 변하는 게 타락이라면 그 혼을 불멸자에 걸맞게 만들면 된다. 가브리엘의 힘이 억지로 혼을 새로 써넣으려고 하였다.

말인즉…… 무영이되 무영이 아닌 존재로 만들고자 움직이는 것이다.

변태를 막을 수 없다면 내용물을 바꿔 버리는 것이었다.

어찌 보면 가브리엘의 이러한 움직임은 '진정한 불멸자'를 만드는 데 도움이 되는 행위다. 만약 가브리엘의 힘이 이끄는 대로 성공한다면 무영은 '진정한 신'에 다다를 수 있었다.

천사 가브리엘을 뛰어넘는, 천계를 지배하는 그러한 신의 존재가!

물론 그 내용물은 무영이 아닌 '다른 위대한 무언가'겠지만 적어도 고유의 신성을 얻을 수 있게 된다.

그러나 완전무결한 신은 욕구가 없다.

아마도 진정한 신이 된 순간, 무영은 모든 일을 전면으로 중단시킬 터였다.

그대로 승천하여 자신만의 '세계'를 창조할지도 모르는 일이었다.

무영이 지닌 모든 힘은 그것을 가능하게 만들 수 있었다.

'신성을 얻으라.'

하지만 현재의 무영은 의식이 얕았다. 가브리엘의 힘이 이끄는 대로 움직일 수밖에 없다는 뜻이다. 루키페르조차 분해되어 사라졌으니 이러한 인도를 막을 방법은 없었다.

신성(神聖)을 얻으라!

변태는 이미 끝났다. 무영의 신체는 불멸자의 피부를 그대로 이식하는 데 성공했다.

하지만 그릇 안의 내용물을 아직 바꾸지 못했다.

신의 피부와 신의 혼을 담은 진정한 신성이 탄생하고 있었다.

무영의 혼은 조금씩 '다른 위대한 정신'으로 탈바꿈되어 가는 중이었다.

무영 본인도 알아차리지 못하게끔 조금씩, 천천히 말이다.

표정이 변했다.

온화하기 그지없는 얼굴.

무영이 지은 적 없는 그런 표정이었다.

'덧없다.'

인생은 극히 짧다. 되돌아왔대도 고작해야 100년도 못 산 삶. 그간 무영이 겪었던 일들은 세계에 비춰보면 하잘 것 없었다.

덧없다고 밖엔 표현하지 못하는 것들.

감정 역시 마찬가지다. 감정이란 모든 것을 그르칠 수도 있는 양날의 검이었다.

그 모든 걸 지울 수 있다면……

그때였다.

"아저씨!"

툭! 툭!

외부에서 누군가가 알을 건드렸다.

하지만 두꺼운 벽에 가로막혔다.

이 과정에선 결코 외부의 침입이 허용되지 않는다. 상대가 누구라고 할지라도 이 알을 꿰뚫는 건 불가능하다.

그래야 정상이었다.

"아저씨, 제발 사라지지 마세요!"

알을 두드리는 소녀, 배수지는 마음이 급했다.

배수지가 가진 '빛의 계보'는 모든 선택이 균등하고 올바르게 돌아가도록 만드는 힘이다. 실제로 배수지의 능력치는 모두 같았다. 빛의 계보가 가진 힘 덕이었다.

또한 감각을 극대화하고 잘못된 길로 가지 않도록 만들기도 한다.

지금 빛의 계보로 인해 활성화한 감각이 말해주고 있었다.

육감. 원시적이고 본능적인 감각이나 때로는 그 감각은 모든 걸 초월해 진실을 말해주기도 하였다.

이대로 가다간 무영이 사라진다.

어떻게 사라지는 건지는 모른다. 하지만 일이 계속해서 진행되는 걸 막아야만 했다.

"제발, 제발⋯⋯!"

일순간 배수지의 손이 빛나기 시작했다.

'빛의 계보'가 '가브리엘의 힘'에 반응하였다.

둘은 서로 비슷하면서 다른 힘이다. 하지만 그 '비슷한 면' 때문에 혼동을 일으킨 것이다.

지금 가브리엘의 힘은 약화되어 있었다. 거기에 무영의 혼을 탈바꿈시키느라 모든 노력을 쏟고 있었다.

가브리엘의 힘은 배수지가 가진 빛의 힘을 동류로 착각했다.

그 상태로 알 속에 쑤욱 배수지가 들어갔다.

배수지는 당황해하지 않고 바로 자신이 해야 할 행동을 결정했다.

무영의 몸을 끌고 억지로 알의 바깥으로 이끈 것이다.

촤아아악!

무영이 빠져나오자마자 알의 형태가 무너져 내렸다.

그대로 평범한 '물'이 되어 바닥에 엎어졌다.

"콜록! 콜록!"

고개를 좌우로 흔든 배수지가 즉시 무영에게 시선을 돌렸다.

"아저씨, 괜찮⋯⋯."

하나 더 말을 이을 수가 없었다.

놀랍게도 무영은 이미 눈을 뜨고 있었다.

배수지가 영역에 침범한 순간 무영의 정신이 깨어난 탓이었다.

만약 조금만 더 늦었으면 무영의 정신은 그대로 증발을 했을 것이었다. 모든 희로애락을 잊고 '위대한 그릇'으로 살아갔을 테지.

"위험했군."

무영도 인지하고 있었다.

정확히 말하자면 깨어난 즉시 인지할 수 있었다.

'하마터면 모든 걸 잃을 뻔했다.'

위대한 그릇?

진정한 신성?

좋다. 다 좋다.

그러나 무영이 무영임을 잊지 않는 게 더욱 중요했다.

힘을 얻는다 해도 무영이 아니어선 의미가 없었다.

조금만 늦었어도 가장 중요한 것을 잃어버릴 뻔했다.

'나는 무영이다.'

무영은 현재를 살아가기로 하였다.

무영이란 이 이름은 그 다짐의 증거였다.

다짐을 잊어버린 자신은 산송장과 같았다.

차라리 죽는 게 낫다.

'가브리엘의 힘…….'

무영은 모든 과정을 떠올렸다.

가브리엘의 힘이 오작동하여 무영의 정신을 숭고하게 만들려고 하였다. 자신이 바라지 않았음에도 '타락'의 정의가 다르기 때문일까.

하지만 그러한 숭고함보다 무영은 진흙탕이 더 좋았다.

적어도 진흙탕 속에선 항상 살아 있음을 느낄 수 있었으므로.

"무영 아저씨, 맞으시죠?"

배수지는 작은 목소리로 입을 열었다.

무영도 배수지를 안다. 일전 엘라르시고를 대동한 채 대도시를 공격할 때 바로 앞에서 마주한 적이 있었다.

"네가 어떻게 이곳에 있는 거지?"

"아저씨의 흔적을 따라왔어요. 묻고 싶은 게 많아요. 묻고 싶은 게 많지만……."

배수지가 눈물을 글썽였다. 그러더니 무영에게 달려들어 그대로 껴안았다.

"다행이에요. 아저씨가 없어지는 줄 알았어요."

배수지가 넋을 놓고 울었다.

단순히 무영을 만나서 그런 것을 아닐 테다.

그동안의 서러움, 그리움.

억눌려 있던 감정이, 무영을 마주한 순간 물밀 듯이 밀려온 것이었다.

무영은 가만히 있었다.

가만히 있음에도 배수지의 감정이 '공감'되었다.

'진화한 건가?'

뿐만이 아니다.

그저 가만히 있음에도 주변 수십 ㎞의 모든 현황을 알 것만 같았다.

생명체의 숨소리, 숨결, 모든 게 느껴졌다.

전쟁의 포효, 짙은 피 냄새 역시도 말이다.

그리고…….

'신격.'

반신으로서의 신격 또한 얻었다. 반쯤 불멸자의 길로 들어선 것이다.

비록 진정한 신이 될 수는 없지만 무영은 그게 무엇을 뜻하는지 알게 되었다. 절반가량 발을 걸침으로써 오히려 불멸자와 필멸자 그 중심부에 서게 됐다.

유일무이(唯一無二)하다고 할 수 있을 것이었다.

작은 대지의 목소리조차 들려왔다. 공기의 흐름도 자연스럽게 알게 됐다.

무엇보다 '공감' 능력이 커졌다.

그냥 알 게 됐다.

가만히 있어도 알 수가 있었다.

배수지의 감정은 실로 격했다. 세상을 뚫고 나왔을 때의

태아가 가진 격정과 비교해도 부족함이 없을 수준이었다.

'그릇을 모두 채울 순 없었지만 그 내용물은 존재한다.'

무영은 신이 되기 직전까지 갔다.

비록 세계를 창조하고 모든 걸 아래에 두는 진정한 신성을 얻지는 못했어도 어느 정도의 내용물은 건재하다는 뜻.

전능하진 못해도 특정 부분에서 그 비슷한 모습을 보일 수는 있게 됐다.

루키페르와 가브리엘의 힘, 불멸자의 힘이 엮어낸 하모니였다.

그것만으로 족한다. 오히려 최상의 결과였다.

무영이라는 자신의 존재감을 지키면서 얻을 결과였으니.

"네가 나를 좀 도와야겠다."

무영이 손을 뻗었다.

이어 배수지의 이마에 닿았다.

무영의 힘이 조금이지만 전이되기 시작했다.

배수지의 전신에서 빛이 뿜어지며 신체 능력이 급상승하기 시작했다.

오로지 배수지만이 가능했다. 무영이 변화를 끝내기 직전, 알 속으로 들어온 배수지는 무영의 힘과 조금이나마 동화할 수 있었다.

또한 '빛의 계보'가 있기에 가능한 일이었다.

울던 배수지가 울음을 뚝 그쳤다.

그러곤 놀란 얼굴로 말했다.

"어, 어떻게 한 거예요?"

"싸움이 끝난 뒤에 알려주겠다. 너는 알아야 할 것이 많다."

배승민과 관련된 일도, 무영이 어째서 대도시를 공격했는지도.

배수지는 알 권리가 있었다.

그리하여 배수지가 무영을 따라야 할 이유가 있었다.

아니라면 죽여야 한다.

유일하게 무영과 '정신 감응'을 할 수 있는 인간이 배수지가 됐기 때문이다.

말인즉, 무영에게 혼란을 줄 수도, 안정을 줄 수도 있게 되었다는 말이었다.

"제가 뭘 해야 할지 알 것 같아요. 발록…… 주변의 목소리가 들려요. 대체 무슨 마술을 부린 거예요?"

"끝난 뒤에 알려주마."

무영은 자리에 앉았다.

변화가 끝나고 새로운 힘을 얻었으나 요양할 시간이 필요했다.

엔로스와의 싸움까지 힘을 감추고 아껴두고 싶었다.

배수지는 많은 도움이 될 것이다.

배수지가 침을 꿀꺽 삼켰다.

왜인지 무영의 목소리가 무척이나 인자하게 들렸다. 마치 아빠처럼.

설마 무영이 아닌 걸까?

'아저씨가 맞아.'

그렇다. 하나 단지 '공감'하고 있을 뿐이었다. 자신에게 공감해 준 상대를 좋게 보는 건 생명체라면 당연한 일.

"어디 가지 마세요."

"난 여기 있을 것이다."

"그럼…… 다녀올게요."

배수지가 고개를 숙였다.

감정이 해소되자 힘이 넘쳤다.

고대의 악마, 발록.

연원은 알려진 바가 없다.

어느 순간부터 존재했고, 어느 순간부터 사라졌다.

여러 가지 설이 있지만 그중 가장 타당하게 여겨지는 것은 발록들에 의해 한 차례 세상이 멸망했기 때문이라는 이야기였다.

발록은 너무 강했고, 그 발록을 견제할 어떠한 것도 존재하지 않았다.

하지만 발록은 굉장히 전투적인 성향을 가지고 있었다. 이

성보다 파괴 욕구를 주체할 수 없었으며 굉장한 포식자였다.

굶주리면 같은 동족조차 잡아먹는다.

결국 한 차례 모든 생명의 싹이 마른 마계에서 살아남은 발록들이 서로를 잡아먹다가 멸종 직전까지 몰렸다는 설이었다.

그리고 지금껏 살아남은 발록들은 고도의 마법에 의해 잠이 들어 있다가 깨어난 경우였다. 새로이 태어나는 발록은 없었다.

그중 강력한 발록은 감히 마신에 버금가는 힘을 지녔다고도 한다.

제어되지 않으며 마법조차 포식하기에 대부분은 날뛰다가 스스로 자멸하곤 하지만…… 확실한 건 발록이 있는 곳 주변은 초토화가 된다는 것이다.

풀 한포기 남지 않는 죽음의 대지가!

"생명의 원천이 힘의 원동력이라."

쾅! 콰콰쾅!

미쳐 날뛴다. 거대한 괴수는 닿는 모든 걸 분쇄시키고 있었다.

족적이, 손이 닿을 때마다 강렬한 격변과 함께 모든 게 사라진다.

그 광경을 배승민은 무표정하게 바라보고 있었다.

갑작스럽게 나타난 마수는 탐욕스럽게 주변 생명을 탐했

다. 즉시 병력을 꾸리고 막으러 나섰으나 피해는 계속해서 커져만 가는 중이었다.

"상대는 하나다! 고작 하나를 막지 못하는 것이냐!"

오가르가 외쳤다.

그는 불타르들의 소족장이고 현재는 불타르들을 이끄는 역할을 맡고 있었다.

그래. 상대는 단 하나다.

하지만 발록은 지치지 않았다. 스스로를 태워가며 힘을 내는 것조차 아니었다.

'흡수.'

주변 생명을, 자신이 죽인 힘을 흡수하며 체력으로 전환하는 것이었다. 모호했으나 시간을 들여 유심히 지켜본 결과 확정지을 수 있었다.

'히드라와 베아트리스도 쓸 수 없겠군.'

히드라는 생명이 극에 이른 생명체이고, 베아트리스는 그 원천을 재물삼아 소환하는 마녀였다.

소환했다간 대참사가 벌어질 것이다.

발록이 두 종류의 힘으로 말미암아 영지 전체를 박살 내버리겠지.

배승민이 가진 최대의 카드 두 개가 봉인당한 셈이다.

"망령과 언데드들로만 상대하겠다."

하지만 기존에 있던 언데드와 망령들은 상관이 없었다.

배승민이 선언하자 가장 먼저 도깨비, 엘프들이 물러났다.

"우리도 빠지라는 거냐?"

오가르가 불만을 토로했다.

그러나 배승민은 고개를 저었다.

"발록은 생명을 흡수해 자신의 힘으로 만든다. 더 싸워봐야 발록의 힘만 늘려주는 꼴이다."

"동료들이 죽었다. 이대로 물러나는 건 면이 서지 않아."

오가르가 아무리 열린 생각을 가졌대도 불타르들을 이끄는 이상 불타르의 규칙을 지킬 수밖에 없었다.

불타르의 장(將)이 된다는 건 그런 의미다.

동료들의 죽음을 외면한다면 오가르는 더 이상 그들을 이끌 수 없었다.

배승민이 마저 설명했다.

"놈의 두 뿔만 자르면 더는 흡수를 하지 못할 것이다. 그때 나머지 역할을 맡기지."

발록이 생명을 흡수하는 곳은 길게 난 두 개의 뿔이었다.

저 뿔만 제거하면 압도적인 우위를 점할 수 있을 터.

"알겠다."

더는 고집을 부릴 수 없다는 걸 오가르도 알았다.

다름 아닌 무영의 전장이다. 괜히 초를 칠 수는 없는 노릇이었다.

이윽고 오가르가 불타르들을 대동한 채 멀어졌다.

망령의 숫자는 대략 4만여. 언데드까지 합치면 5만에 다다른다.

배승민은 그들을 지휘하기 시작했다.

"밑바닥부터 확인해 봐야겠군."

발록이 생명을 흡수해 자신의 힘으로 만든다는 것은 확인했다.

그렇다면 더 이상 그러한 행위를 할 수 없을 때 어느 정도의 힘을 낼 수 있는지 확인할 차례였다.

밑바닥을 확인하면 더욱 쉽게 공략이 가능할 것이다.

'저주파를 모아 공진시킨다.'

배승민은 쉐이드 종류의 망령을 모았다.

쉐이드는 저주파로 이루어진 존재다. 공포의 근원이며 무형의 괴물이다. 그 숫자가 대략 이천여. 쉐이드를 모아서 빠른 속도로 공진시켰다.

허공에 마법진을 하나 만들어 무한히 회전시키며 오로지 저주파만을 뽑아냈다.

그 과정은 일반적인 마법사라면 불가능한 일. 굉장한 지식과 한 치의 오차 없는 정확한 조절이 가능해야만 했는데 배승민은 이를 해낸 것이다.

이윽고 공진하며 배가 된 저주파를 발록에게 쏘아냈다.

저주파는 마법이 아니다. 발록은 마법마저 흡수할 수가 있었으나 원초적인 힘마저 흡수하진 못하리란 개념에서였다.

보통의 생명체가 이러한 공격을 맞으면 극심한 자아분열을 일으킬 터. 자해를 하고 스스로 목숨을 끊으리라.

그아아아아아!

과연 효과가 있었다.

발록이 괴성을 내지르더니 주변 바위를 향해 몸을 부딪치기 시작했다.

땅에 머리를 박고 스스로의 팔을 물어뜯었다.

하지만 워낙에 단단한 피부라 별 흠집도 안 갔다는 게 문제다.

'저 피부를 무르게 만들어야겠군.'

이 역시 마법이 아닌 힘으로 성사시켜야 하는 일이었다.

"구슬을 좀 빌려야겠다."

배승민이 구미호들을 향해 말했다.

다섯 구미호는 오로지 무영만을 따르는 강력한 망령들이다. 망령이되 실체가 있고 그 힘은 능히 용에 버금간다.

그리고 구미호들의 모든 힘은 구슬에 집약되어 있었다.

리치가 사용하는 '라이프 베슬'과도 비슷한 면이 있었다.

"구슬을요?"

"어디에 쓰려고 그러는 거죠?"

구미호들은 경계했다. 당연하다. 구슬이 부서지면 구미호는 일반 여우와 별 다를 바가 없어지게 된다.

무영이었다면 거리낄 것 없이 건네겠으나 타인이었다.

하지만 배승민이 무영을 오래도록 따른 존재라는 걸 안다.

만약 다른 이가 이딴 말을 꺼냈다면 심장을 도려냈을 터였다.

"발록의 힘을 나눌 것이다."

구미호들은 서로를 바라봤다. 발록에겐 매혹도, 주술도 통하지 않았다. 그나마 배승민이 행한 공격만이 유효하였다.

잠시 고민하던 구미호들이 구슬을 건넸다. 구슬은 주먹만 하지만 굉장히 영롱한 빛을 띠고 있었다.

"절대로 함부로 사용해선 안 돼요."

"걱정 마라."

구슬이 배승민의 주변을 떠다녔다.

일종의 저장고. 외부와 내부를 완벽하게 나누는 '벽'과 같은 역할을 구슬은 하고 있었다.

그 힘을 증폭시켜서 발록을 가둔다.

발록이 강한 이유는 '흡수'에 있었다. 단순 생명만이 아니라 주변의 마력 또한 흡수한다.

괜히 발록이 세상을 한 차례 멸망시켰다는 게 아니다.

그러나 다섯 구슬로 주변 대지의 흐름을 완벽하게 차단하면 발록도 약화될 터였다.

"Καληνύχτα."

다섯 개의 구슬이 허공에 떠올라, 이윽고 발록의 주변으로 가더니 서로 빛을 내뿜으며 이어졌다.

이윽고 오망성을 그리며 그 중심부에 발록을 가뒀다.

완벽한 차단의 힘이었다.

'다섯 개의 벽을 뚫지 않고선 본래의 힘을 발휘하기 어려울 터.'

이성이 망가진 지금 상태로 벽 다섯 개를 모두 뚫어낼 수 있을까?

배승민은 이어서 지팡이를 한 차례 내리쳤다.

"북쪽에서 원거리 공격을 퍼부어라. 수(水)의 기운이 충만한 곳이니 발록의 피부가 무뎌질 것이다."

오망성은 오행(五行)을 나타내기도 한다.

다섯 방위 중 북쪽은 가장 물의 기운이 극대화되는 곳이었다.

그곳에서 공격을 하면, 발록에게도 효과가 있으리라.

그리고 그런 배승민의 생각은 유효했다.

물의 기운을 가진 망령들이 원거리에서 공격을 퍼붓자 발록의 피부에 균열이 가기 시작했다.

오망성의 벽은 내부만을 가둔다.

외부에서 들어오는 힘은 제약이 없었다.

그아아아아아아아아!

비명이 더욱 커졌다.

배승민이 고안해 낸 확실한 공략법.

엘더 리치가 되며 배승민은 더욱 많은 지식을 갖게 됐다.

이러한 활용법도 자연스럽게 알게 됐다는 뜻이다.

그저 강한 마법을 익힌다고 강해지는 것만은 아니었으니.

배승민이 지팡이를 내리치며 오행의 북쪽으로 공간도약을 하였다. 그리고 주변에 존재하는 물의 기운을 칼날의 형태로 모아 사선을 그었다.

서걱!

발록의 뿔 하나가 잘렸다.

그악! 그아아아악! 그아아악!

쿵! 쿵! 쿠웅!

발록이 난동을 피웠다.

벽에 몸을 부딪치며 뚫고 나가고자 하였다.

하지만 부질없는 행동이었고 부지런히 체력만을 갉아먹었다.

이윽고 발록이 움직임을 멎었다. 그대로 쓰러지며 몸을 움찔거렸다.

'죽었다.'

배승민이 잠시 손을 들었다.

공격이 멈췄다.

이내 가슴의 기복조차 사라졌다.

죽었다. 적어도 생명체로서의 값은 사라졌다.

하지만.

배승민이 이내 눈썹을 찡그렸다.

"피해라!"

발록의 피부가 붉게 물들었다. 이글이글 타오르며 전신이 불타기 시작했다.

분명히 죽었다. 그런데 되살아났다.

자신의 마지막 남은 씨를 불태우며 재생한 것이다.

아니, 재생이 아니다.

자폭!

크와아아아아아!

발록이 재차 일어났다. 손을 뻗자 거대한 화염이 맺혔다.

쩌적! 쩌저적!

그것만으로도 벽이 깨졌다. 차단의 힘조차 견뎌내지 못할 가공할 위력이라는 뜻이었다.

'늦었다.'

피하긴 늦었다.

배승민은 또 다른 벽을 쳤다.

뼈로 이루어진 거대한 벽. 온갖 망자와 죽음의 힘이 가득한 그 벽은 용의 숨결조차 막아내는 배승민의 방패였다.

콰아아아아아아아앙!

이윽고 오행이 깨지며 강렬한 불꽃이 사방으로 번졌다.

피하지 못한 망자는 그대로 산화했고 화염이 닿는 범위가 넓어지고 있었다.

이대로 놔뒀다간 영지마저 집어삼킬 것이었다.

'자폭은 염두에 두지 못했다.'

이성이 날아간 상태였다.

아마도 생체시스템에 각인되어 있었겠지. 죽음에 이르면 자폭하도록 말이다.

화염은 강렬했다. 배승민이 따로 친 벽마저 조금씩 타들어 가고 있었다.

이대로 가다간…….

"제가 안 늦었나 보네요!"

배수지가 유유자적 나타났다.

그것도 화염 속에서!

모든 걸 태우는 불길이다. 어떠한 망자도, 괴수들도 저 화염을 막을 수 없었다.

한데 배수지는 별것 아니라는 듯이 어깨를 으쓱하며 손을 뻗었다.

그러자 화염이 배수지의 손으로 빨려 들어가기 시작했다.

'저 여자는?'

불과 몇 시간 전에 본 여자였다.

그때까지만 하더라도 별 볼일이 없었다. 신체 능력은 뛰어났지만 마력은 별로였다.

하지만 지금 느껴지는 마력은…….

"다들 제 뒤로 모이세요."

배수지가 양손을 활짝 펼쳤다.

그러자 거대한 빛의 벽이 생성되며, 광범위하게 화염을 먹어 치웠다.

자연스럽게 배수지의 뒤로 망령과 언데드들이 모였다.

이상한 일이었다. 아무리 상황이 이렇더라도 망령과 언데드들이 자연스럽게 여자의 말을 들을 이유는 어디에도 없었다.

무영이나 배승민이 아니라면 결코 있을 수 없는 일이었다.

'어찌?'

배승민은 기겁할 수밖에 없었다.

하지만 저 힘을 배승민은 분명히 알고 있었다.

"아! 맛있다. 불이 맛있게 느껴지다니, 정말 알 수가 없네."

배수지가 자신의 배를 두드리며 고개를 갸웃했다.

불을 먹는다는 발상부터가 그렇다.

그러나 할 수 있을 것 같았다. 지금 이 자리에선 자신밖에 할 수 없는 일이라고 파악했다. 그저 자연스럽게 알게 된 것이다.

배승민은 눈을 부릅떴다.

저 모습…… 저 힘.

저건 분명…….

'무영 님.'

불의 지배자!

자신이 잘못 본 게 아니라면 분명 무영의 힘이었다.

56장
알스 노바

어떠한 불도 범접하지 못하게 만들며 불을 먹고 그 힘을 내는 능력이 또 있을 리 없다.

하지만 어찌 저 여자가 무영의 힘을 흉내 낸단 말인가?

'흉내.'

그렇다. 제대로 된 무영의 힘은 아니었다.

무영이었다면 저 불을 한꺼번에 먹어치웠을 터였다.

하지만 여자는 그러지 못하고 있었다. 빛계열의 무언가와 섞어서 아슬아슬한 줄타기를 하는 중이었다.

무영이 가진 '불의 권능'에는 미치지 못하나, 그 비슷한 종류의 힘인 것은 분명했다.

"저 좀 도와주시겠어요? 저 혼자는 전부 못 막을 것 같아요."

배수지가 배승민을 바라봤다.

화르르르륵!

화염은 정말 세상을 파멸시킬 것만 같았다. 고대부터 살아 있던 발록이라 그런지 저장된 체내의 에너지가 상상을 초월했다.

'주인님께서 관여하고 있다.'

배승민은 나름의 결론을 내렸다.

언데드나 망령들에게 명령을 내리고, 불의 힘을 흉내 내는 것은 결코 평범한 일이 아니었다. 애당초 무영의 힘은 전승되거나 대를 물려 전이되는 힘과는 거리가 멀었다.

그만의 오리지널리티. 고유성을 가진 힘.

그것이 단순히 대물림이나 전승 따위로 가능할 것 같은가?

요컨대 무영이 허락한 힘이란 뜻이다.

'하지만 어찌?'

사전에 전해 들은 말은 없었다.

애당초 무영은 영주실의 문을 잠그고 두문불출하였다.

그럼에도 무영과의 접점이 있다.

자신은 아무 것도 모르는데.

배승민은 그게 못내 못마땅했다. 적어도 지금 무영의 산하에 있는 자들 중 가장 가까운 건 타칸 혹은 배승민 자신이었다.

여자는 갑자기 끼어들어온 모난 돌이고.

"이 일이 끝나거든 제대로 설명해야 할 것이다."

배승민의 목소리가 한없이 차가웠다. 무영은 배승민을 구했고, 만들었고, 모든 것을 새겨준 주인이다. 2년간 떨어져 있었다고 하더라도 그 사실은 변치 않았다.

따르는 게 당연하고, 따를 것이라면 가장 옆에서 보좌하자고 마음먹었다. 그간 힘을 키우고 세를 늘렸던 것은 주인인 무영이 돌아올 때를 대비하고자 위함이었다.

'내가 모르는 게 있다니.'

신경 쓰였다.

안 그래도 신경 쓰이는 여자였다. 실제로 여자를 보낸 후에도 계속해서 머릿속을 어지럽혔으니.

하지만 그보다 '굴러온 돌'이란 인식이 강했다.

결코 배승민이 친절해질 수 없는 이유였다.

"알겠어요. 빨리……!"

배수지가 이를 악물었다.

불의 맛을 느낄 수 있는 건 처음뿐이었다.

무영에게 힘을 '공유' 받았대도 배수지가 쓸 수 있는 건 극히 한정적이었다.

무영은 댐의 관리자였다. 댐을 열고 방류시키는 양을 결정하는 결정권자 말이다. 게다가 무영은 바다와 같았고 배수지는 고작 호수일 따름이었다.

제한 없이 받아낼 수 있었다면 배수지의 몸이 버티지 못했을 것이다.

"Καληνύχτα."

배승민은 다시금 '차단'을 행했다.

자신이 가진 가장 단단한 방패를 소환하고 히드라를 재물로 마녀 '베아트리스'를 불러들였다.

"불을 막아라."

끼야아아아아아아!

마녀가 비명을 질렀다.

외눈과 입에서 광선이 뻗어 나가 그대로 분열하며 화염을 막아섰다.

배승민이 가진 지팡이가 잘게 떨렸다. 마력이 한도를 넘어 폭주하기 시작한 것이다.

하지만 배승민의 마력을 다루는 솜씨는 일류였다. 이는 마법사로서의 소양이 절정에 이르렀다는 것을 뜻했다.

단순한 마법적 소질이라면 배승민은 엔로스나 아몬에게도 밀리지 않을 자신이 있었다.

오히려 마력이 폭주하는 가운데에서도 마력을 증폭하고, 증폭하고, 또 증폭했다.

그러자 한순간 배승민의 마력 수치가 700을 돌파했다.

"뒤집어져라."

700을 넘은 마력을 갖게 된 순간, 배승민의 말에는 힘이 새겨졌다.

한순간이지만 초월체에 다다른 마력 수치였으니 당연한 일.

화염을 적당히 제압한 순간, 땅이 뒤집혀 그대로 불길을 삼켜 버린 것이었다.

초기 진압을 배수지가 행했다면 그 외의 나머지는 모두 배승민이 처리한 셈이었다.

배승민이 전신을 비틀거렸다.

"후우, 하마터면 큰일 날 뻔…… 괜찮으세요?"

배수지가 눈을 크게 뜨며 말했다.

리치는 악성향이다.

하지만 무영을 따르고 있었다. 리치만이 아니라 굉장히 많은 숫자의 망령과 언데드, 각종 이종족들이 함께하고 있었다.

무엇을 하고 있는지, 여기가 뭐 하는 곳인지, 배수지는 아직 제대로 아는 게 없었다.

그러나 분명히 이유가 있을 것이라고 생각했다.

배수지 안에서의 무영은, 과묵하긴 해도 결국 '선'을 지향하는 사람이었으므로.

"조금 쉬도록 하지."

배승민이 지팡이로 중심을 잡았다.

그리고 손을 털자 거대한 개가 소환됐다.

거대한 검은색 개를 타고 이동하는 배승민의 뒷모습을 배수지가 묘한 눈빛으로 바라봤다.

'저만한 마법사가 아저씨를 따르는구나…….'

솔직히, 저 정도의 마법사를 만난 건 처음이었다.

인간들 중 누구도 방금 전 리치가 행한 일들을 하지 못한다. '아몬의 별'을 획득하여 강해진 아크메이지도 저 정도의 '이적'을 발휘하진 못할 것이었다.

그리고 전쟁 통에는 제대로 볼 기회가 없었으나 주변의 망령이나 언데드들, 온갖 괴물과도 질이 달랐다.

이만한 숫자라면 대도시도 위험하다.

꿀꺽!

'대체 아저씨는⋯⋯.'

고작 몇 년.

그사이, 무영은 많은 것을 이룩했다. 그리고 그 이상으로 고생했을 것이었다.

배수지는 주먹을 꽉 쥐었다.

자신이 무엇을 할 수 있을지는 모르겠지만 할 수 있는 건 다 해보자고.

그리 마음먹었다.

쿵!

엔로스가 지팡이를 찍었다.

엔로스는 발록을 주시하고 있었다.

발록 홀로 적들을 압도했지만, 술수에 걸려 자폭하는 것까지, 모든 것을 지켜봤다.

'엘더 리치…… . 만만치 않군.'

한순간이지만 엘더 리치의 힘이 자신과 버금가게 변했다.

덕분에 발록의 자폭에도 별 다른 피해를 입지 않았다.

하물며 갑자기 나타난 인간 여자는 어떠한가.

'저 여자가 샤르-샤쟈르를 죽인 자인가?'

샤르-샤쟈르는 인간에게 죽었다. 그 인간이 설마 저 여자
일까?

불을 다루는 특이한 능력자.

확실히 특정 조건하에선 굉장한 힘을 발휘할 것 같다.

샤르-샤쟈르가 함정에 빠졌다면 저 여자에게 당했을 수
도 있겠다.

'그러나 부족하다.'

하지만 기대만큼은 아니다.

차라리 엘더 리치가 더욱 주의할 대상이었다.

엘더 리치의 마력을 증폭시키는 술수는 가히 예술이라 할
수 있을 경지였다. 엔로스도 저렇게까지 할 수는 없었다.

'저 리치를 가지고 싶다.'

마왕 셋이 죽었다.

자신을 보좌할 새로운 마왕이 필요할 때였다.

애당초 리치는 왕이다. 왜 왕이 하찮은 것들과 섞여 있는 지
는 모르겠으나 자신이 올바른 길로 이끌 수 있을 것 같았다.

게다가 마왕 셋을 합쳐도 저 리치의 값에는 못 미칠 듯싶었다.

엔로스가 보건대 엘더 리치는 아직 완전히 성장하지 않았다. 더 성장하지도 못하고 있었다. 마법적으로 그를 지도할 수 있는 레벨의 마법사가 없는 탓이다.

그런 면에서 엔로스는 적합했다. 능력이 더욱 뛰어나다면 마신 아몬에게 데려가 마법적 지식을 습득하게 할 수도 있을 것이었다.

어쩌면 '죽음의 군주'보다 더욱 뛰어난 능력을 갖추게 될지도 모른다.

사방에 존재하는 네 개체의 초월체들. 그중 죽음의 군주를 뛰어넘을 인재를 갖게 된다면 단숨에 아몬의 힘도 강해지는 셈이었다.

마왕 셋을 잃고 발록마저 잃은 건 뼈아프지만 저 리치를 가질 수만 있다면 그런 건 아무래도 좋다. 그 이상의 값어치가 저 리치에겐 있었다.

리치만 얻을 수 있다면 오히려 싸다.

"속도를 올려라."

엔로스가 명했다.

그 순간, 하늘을 나는 거대한 '성'이 더욱 빠르게 움직이기 시작했다.

무영은 정좌한 채 공중을 부양했다. 눈을 감고 기감을 활성화시켰다.

신격을 얻었다. 절반에 불과하지만 어쨌든 반푼이 불멸자가 된 것이다.

불멸자가 되자 세상이 다르게 보였다.

모든 것.

그것이 설령 생명체가 아닐지라도 모든 건 '순환'한다.

무영 역시 그 순환의 한 지점에 불과했다.

어쩌면 신이라는 건 그렇게 복잡한 구조가 아닐지도 모른다. 요컨대 이 순환하는 것들과 얼마나 더 잘 '공감'할 수 있느냐가 중요했다.

대지에 떠도는 공기와 마력, 그러한 것들로부터 말이다.

'마신은 어떠한 존재지?'

문득 궁금해졌다.

마신도 신의 한 갈레임이 분명하건만 그들은 제대로 된 순환 속에 존재하지 않았다.

'그들은 공감하지 못한다.'

신은 신이되 그들에겐 공감 능력이 없다. 그래서 '마(魔)'다. 세상은 그들을 받아들이지 않았다.

무영은 순환 속으로 들어갔다. 이 순환의 고리에 모든 답이 있을 것만 같았다.

무영의 혼이 작아지고, 작아지고, 한없이 작아졌다.

그리고 어떠한 '틈'에 들어가게 되었다.

틈…… 혹은 문.

그곳을 열고 들어가사 투명한 누군가가 있었다.

"당신은 초대받지 않은 손님이군요."

"너는 누구지?"

놀라운 일이었다.

무영의 혼은 누구보다 작아졌다. 그리고 그 작아진 상태에서만 볼 수 있는 틈 속으로 들어왔는데 이미 누군가가 자리하고 있었던 것이다.

"저는 '허무'의 관리자입니다. 이곳은 그중에서도 가장 밑바닥. 신이 되지 못한 자들, 혹은 신격을 잃은 신들이 떨어진 곳이지요. 하지만 당신은…… 묘하군요."

남자의 목소리였다. 얼핏 들으면 여자의 목소리 같기도 했다.

'허무.'

무영은 그가 했던 말을 곱씹었다.

허무. 다른 말로는 공허라고도 불리는 장소. 이야기는 많지만 정작 그곳이 어떠한 곳인지 제대로 아는 자는 없었다.

관리자가 말했다.

"당신은 떨어진 자가 아닙니다. 당신은 직접 이곳을 찾아왔군요? 당신 같은 자를 저는 한 번 본 적이 있습니다."

"본 적이 있다?"

"그는 자신의 이름을 솔로몬이라고 했습니다. 그는 열쇠를 원했지요. 당신도 열쇠를 원하십니까?"

무영은 눈살을 찌푸렸다.

솔로몬이 이곳에 직접 찾아와 열쇠를 구하고자 하였단다.

말인즉, 그는 허무를 찾을 정도의 신격을 갖춘 불멸자라는 뜻이었다.

'솔로몬이 불멸자가 아니라면…….'

그는 죽지 않았다는 뜻일까?

"'열쇠'라는 게 무엇을 뜻하는 거지?"

"열쇠는 잠긴 것을 열기 위해 존재합니다. 그가 원한 열쇠는 '허무'와 '마계'의 문을 열 수 있는 열쇠였습니다."

허무와 마계!

지구에 갑자기 마계와 연결된 통로가 생긴 이유가 여기서 풀렸다.

하지만 허무의 열쇠를 원한 건 왜일까?

"나도 그 열쇠들을 얻을 수 있는 건가?"

"얻을 수 있습니다만, 대신 당신은 자신의 소중한 것을 내놓아야 합니다. 그것이 허무의 규칙이지요."

"팔이라도 잘라야 한다는 소리인가?"

"설마요. 예를 들면 당신의 인연, 감정, 이름……. 그런 것들을 의미합니다. 육체적인 건 허무에서 그렇게 의미가 없습니다."

"솔로몬은 두 개를 버렸나 보군."

"그가 원한 건 두 개의 열쇠였으니까요."

솔로몬은 무려 두 개의 열쇠를 얻었다.

신격을 지는 불멸자가 소중한 두 가지를 버려가면서까지 열쇠를 바랐다는 뜻이었다.

무영은 고개를 내저었다. 누군가에게 열쇠를 얻기 위해 자신의 것을 버릴 생각은 없었다.

"필요 없다."

"흠, 당신은 정말 특이하군요. 좋습니다. 당신이라면 그것들보다 더 값진 것을 제게 줄 수 있을 것 같습니다."

"나는 딱히 원하는 게 없다."

"아니요, 당신은 원하는 게 있습니다. 그래요. 알스 노바, 위대한 마법사의 책이라면 어떻습니까?"

무영이 잠시 멈칫했다.

알스 노바!

푸른 사원의 결계마저 깨버릴 정도로 강력한 마법이 새겨져 있는 책이다.

과거 알스 노바는 마신들에게 넘어갔다.

결국 위대한 마법사 '멀린'이 마신들에 의해 죽음을 당하고 이후 세계는 멸망으로 몰려갔다. 물론 지금에 와선 멀린도

선한 존재일지 의문이 생기지만 말이다.

"솔로몬은 다음에 이곳을 방문하는 자에게 그것을 넘겨주라 했습니다. 그 존재는 악신일 수도 있고, 선한 신일 수도 있고, 어쩌면 인간일 수도 있다고 했었지요. 하지만 주고 안 주고는 제 뜻이라고도 했습니다."

문제는 그것을 솔로몬이 맡겼다는 것이다.

하지만, 그럼에도, 알스 노바는 무척이나 탐이 나는 물건이었다.

"내게 바라는 게 뭐지?"

관리자가 무표정하기 짝이 없는 얼굴로 말했다.

"세계를 한 번 더 경험한 그 이야기를 제게 들려주십시오. 당신은 매우 희귀한 자입니다. 당신의 이야기를 들으면 허무가 조금은 더 충만해질 것 같습니다."

"……!"

무영은 짐짓 놀랄 수밖에 없었다.

세계를 한 번 더 경험한 이야기. 말인즉, 무영의 회귀 사실을 알고 있다는 뜻이었다.

하지만 겉으로는 평정심을 유지했다.

그러자 관리자가 말했다.

"허무에선 '시간'의 개념이 없습니다. 지금 당신과 만난 저는 미래일 수도 있고, 과거일 수도 있습니다. 그렇기에 당신처럼 '축'이 뒤틀린 존재를 알아볼 수 있는 것이지요."

무슨 뜻인지 대충은 알 것 같았다. 하여간 통상적인 개념으로 작동하는 곳은 아니라는 뜻이었다.

허무의 관리자라 자신을 칭한 자는 존재감이 매우 옅었다. 신기루와 같은 느낌. 무영이 자신이 겪은 이야기를 한다손 치더라도 손해 볼 건 없을 것이다.

"무엇이 궁금하지?"

"전부 궁금합니다. 걱정 마십시오. 이곳에서 보낸 시간은 현재의 시간에 적용받지 않으니까요."

시간이 많다.

무영은 천천히 입을 열었다.

"나는······."

그가 원하는 게 이야기라면 질리도록 해줄 자신은 있었다.

그 이야기가 재미있을지 없을지는 논외로 치고서 말이다.

엔로스의 '성'이 영지의 근처에 도달했다.

감히 영지 전체를 가려 버릴 정도로 커다랬으며 그 주변을 배회하는 악마는 샐 수조차 없이 많았다.

하지만 그는 다짜고짜 공격을 실행하지 않았다.

그가 가장 먼저 행한 건 일종의 '선언'이었다.

"나는 약자를 괴롭히는 취미가 없다. 패배를 받아들이고 내게 복속해라."

물론 그가 바라는 건 어디까지나 엘더 리치 하나뿐이었다. 굳이 길을 돌아가는 건 엘더 리치의 심중을 알아보기 위함이었다.

엘더 리치가 이곳을 사랑하고 아낀다면 엔로스를 따를 것이었기에.

리치는 바보가 아니다. 그만한 마법사가 바보일 리 없다.

이만한 격차.

앞에 나선 세 마왕과 발록 따위는 애피타이저에 지나지 않는다.

그를 리치가 모를 리 없었고 현명한 마법사라면 이 격차를 인정하고 고개를 숙이리라 판단한 것이다.

물론…….

쾅! 콰쾅!

허공에 설치해 둔 마법진들이 폭발하며 주변 악마들에게 피해를 줬다.

미리 준비한 함정.

애당초 협정 따윈 맺을 생각이 없었단 방증이다.

"어리석군."

패배를 인정하면 좋았겠지만.

그렇지 않아도 상관은 없었다.

억지로 꿇린 뒤 세뇌하면 그만이었으므로.

엔로스가 지팡이를 내려찍었다.

쿵!

푸른빛 입자가 성 주변으로 무수히 퍼져 나갔다.

그것에 닿은 악마들은 눈을 뒤집더니 이내 흉포한 전사로 탈바꿈했다.

성 외부에 있는 악마의 숫자는 삼십만.

그에 비해 영지가 가진 모든 병력을 합쳐도 십만이 안 된다. 질적으로 우수하다고는 하나, 압도적인 숫자의 차이를 해결할 방법은 그렇게 많지 않았다.

절대적인 힘 하나가 모든 판도를 뒤바꿀 수 있었다면 마신들은 휘하에 마왕 같은 것을 두지 않았을 터였다.

강력한 힘도 한계가 있다고 생각하는 엔로스였고 그는 수 많은 병종을 강화시킬 방법을 알고 있었다.

엔로스는 다시 왕좌에 앉아 전쟁을 음미했다.

'마치 불나방 같군.'

본디 악마는 압도적으로 찍어 누르는 걸 좋아한다.

엔로스라고 다를 리 없었다.

광포화 한 악마들은 파죽지세로 적들의 생명을 갈취하는 중이었다.

그러나 중심은 쉬이 뚫을 수 없었다. 엘더 리치를 비롯한 강력한 망령들이 막아서고 있었기 때문이다.

'언제까지 버틸 수 있을지 보자꾸나.'

엔로스의 앞으로 홀로그램 같은 게 떠올랐다. 전쟁을 실시간으로 보여주는 중이었다.

엔로스는 제자를 바라보는 듯한 눈빛으로 엘더 리치에게 시선을 옮겼다.

배승민은 이를 갈았다.

많은 걸 준비했다.

엔로스가 쳐들어올 걸 미리 알고 있었기에, 그에 대비하고자 모든 지식을 총동원했다.

드워프들의 힘을 빌려 벽을 더욱 높게 쳤고 허공에 보이지 않는 지뢰들을 무수히 매설했다.

뿐만인가.

망령들을 강화시킬 흑마법을 연구했으며 모든 병종에게 입힌 무구도 한 단계 질이 상승하였다.

온갖 것을 재물로 삼아 '악령기사'마저 소환했건만…….

'시간이 부족했다.'

엔로스가 갑자기 진격하는 속도를 올렸다.

10일을 예상했건만 엔로스가 영지에 도착한 건 고작 이틀이 지난 후였다.

이틀을 가지고 준비하긴 한계가 있었다. 그렇기에 있는 것을 짜내야 했다.

"베아트리스, 적의 성에 구멍을 뚫어라."

배승민이 가진 최대의 카드는 마녀 베아트리스였다. 그녀가 내뿜는 광선은 모든 걸 잠식시킨다. 모든 걸 무(無)로 되돌린다.

저만한 크기의 성이라면 빛 맞추기도 어렵다.

끼야아아아아아아아아아!

배승민의 명령을 받고 베아트리스가 피눈물을 흘렸다.

그 순간 거대한 입자의 광선이 엔로스의 성을 향해 쭉 뻗어 나갔다.

콰아아아아아아앙!

지축이 흔들릴 정도로 거대한 폭음이 들렸다.

하지만 배승민은 고개를 저었다.

'통하지 않았다.'

얕다. 성은 엔로스의 마력으로 보호되고 있었다.

말인즉, 베아트리스조차 엔로스의 마력에는 닿지 못했다는 뜻이다.

그야말로 가공하다고 할 수 있을 것이었다.

성에 구멍을 내지 못했다면 게릴라는 생각하기 힘들다. 결국 백병전으로 가야 하는데 적들은 무수한 폭탄 밭을 헤치고 꾸역꾸역 달려왔다.

'악마들이 강화됐다. 저 숫자를 어떻게 강화시킨 거지?'

문제는 단순 숫자의 차이가 아니었다.

이지를 잃고 광포화한 악마들. 단순히 따져 봐도 두 배는 강해진 듯싶었다.

하나 수십만의 악마를 동시에 강화시키는 건 불가능에 가깝다. 적어도 배승민은 할 수 없었다. 기껏해야 중요한 망령 오백가량을 강화시키는 게 배승민의 한계였으니.

'엔로스……'

그는 마법사라고 들었다.

그렇다면 무시무시한 실력자라 아니할 수 없으리라.

"제가 들어갈게요."

그때, 배승민의 옆으로 배수지가 다가왔다.

배승민은 배수지의 이름을 알게 됐다. 같은 성을 가졌으나 배승민은 배수지에게 굳이 자신의 이름을 알려주지 않았다.

과거의 이름은 별로 중요한 게 아니었고 말해봤자 호들갑만 떨 게 분명하였으니.

'주인님의 힘을 빌렸다고 했던가.'

동시에 알게 된 몇 가지 사실이 있었다.

배수지가 잠시 무영의 대타로 나왔다는 점.

무영은 현재 새로이 얻은 힘에 적응하고 있다는 것.

'주인님께서 회복할 때까지 버텨야 한다.'

지금은 사사로운 감정을 모두 버리기로 하였다.

어쨌건 버티는 게 중요했다.

"네가 저 성에 말이냐?"

"아인 언니가 저한테 달의 축복을 걸어줬어요. 거기에 제

은신술이면 몰래 배까지 들어갈 수 있을 거예요. 이 전쟁도 그 마왕이라는 작자만 잡으면 끝나는 거잖아요?"

아인은 최고위 하이엘프였다.

확실히 배수지가 다가와 말을 걸기 전까지 배승민은 배수지의 기척을 느낄 수 없었다.

하지만 엔로스에게 암살이 통할까?

애당초 외부에 있는 악마만 30만이다. 성 안에는 더 많을 것이었다.

"엔로스가 어디에 있을지만 알려주세요. 제가 놈의 목을 따올게요."

배승민은 고민했다.

'어리다.'

배수지의 생각은 너무나도 어렸다.

솔직히 성공 확률은 한없이 0%에 가깝다. 설령 위치를 특정해 내더라도 마찬가지다.

하지만…… 만에 하나라는 게 있다. 그리고 시간도 벌 수 있을 것이었다.

시간을 번다. 지금 상황에선 제일 중요한 숙제였다.

무영이 모습을 보일 때까지 버티느냐 버티지 못하느냐의 싸움이었으니.

무영이 진다면 모든 게 끝이지만 배승민은 무영이 패배하리란 생각 자체를 하지 않았다.

"기다려라."

배승민은 마음을 굳혔다.

배수지로 말미암아 시간을 끌겠다고.

엔로스의 위치를 특정하고 성을 지탱하는 동력원을 몇 개만 부숴도 하루는 더 벌 수 있을 터였다.

이어 배승민이 허공에 떠올랐다.

엔로스는 마법사다.

그리고 마법사는 자존심이 강하다.

배승민은 도발을 걸 작정이었다. 엔로스가 절대로 흉내 내지 못할 마법으로 말이다.

"중력장."

쏴아아아악!

비가 내리는 듯했다.

검은색 입자들이 하늘에서 내려와 바닥에 밀착했다. 그러자 강력한 힘으로 지상의 모든 것을 빨아 당기기 시작했다.

중력을 다루는 배승민이 고안해 낸 대전투용 마법이었다.

하지만 아군 역시 이 영향에서 벗어날 수 없었다. 성에는 큰 피해를 끼치지도 못한다. 아직 개량이 더 필요한 마법이었으나 분명한 건 '중력'을 다룬다는 것이었다.

쿠우우우우웅!

하늘 위에 떠 있던 거대한 성조차 바닥으로 끌어내렸다.

이만한 도발은 더 없다.

별 피해는 주지 못했으나 배승민이 엔로스였다면 자존심에 금이 갔으리라.

쿠우우우우우우웅!

과연, 그에 대답하듯 성이 강력한 힘으로 다시금 떠오르기 시작했다.

엔로스가 관여하고 있는 것이다.

배승민은 그 힘의 중심부가 어디에 있는지 읽어냈다.

"저곳이다."

배의 중심에서 조금 위의 장소.

배승민은 각인 마법으로 배수지에게 위치를 새겨주었다. 동시에 파괴해야 할 몇몇 지점도 함께 각인시켰다.

끄덕!

배수지가 고개를 끄덕였다.

"제가 이 전쟁을 끝내죠."

배가 다시 떠오르기 전에 들어가야만 했다.

배수지는 쏜살같이 움직였고 배승민은 엔로스와의 자존심 대결을 이어 나갔다.

"이것이 알스 노바. 위대한 순환의 마법이 담겨 있는 책이라더군요."

관리자가 무영에게 알스 노바를 넘겼다. 하지만 책이라기보단 작은 구슬에 가까웠다.

그러나 단순한 구슬은 분명히 아니었다.

가까이 다가가 살피자 수많은 지식이 무영의 머릿속을 채웠다.

"으음."

무영은 한 발자국 물러날 수밖에 없었다. 안에 있는 지식이 너무나도 방대하여 제대로 볼 수가 없었다.

"오랫동안 보면 혼이 망가질 겁니다."

"그런 것 같군."

반신격을 얻었대도 알스 노바의 지식을 감당할 수가 없다니.

이 구슬은 정신과 혼에 타격을 준다.

그러나 그 찰나의 순간, 몇 가지 중요한 마법은 머릿속에 담을 수 있었다.

"당신의 이야기는 매우 흥미로웠습니다. 부디 다시 만날 수 있기를."

허무의 관리자가 이내 모습을 감췄다. 무영은 잠시 그가 있던 곳을 바라보다가 몸을 돌렸다.

뜻밖의 보물을 얻었다. 설마 가장 낮은 곳, 가장 작은 곳에 허무가 있을 줄은 몰랐다.

더불어…… 솔로몬이 살아 있을 수도 있다는 실마리 또한 얻을 수 있었다.

'살아 있다면 찾아낼 것이다.'

그에게 책임을 물어야 했다.

무영은 고개를 끄덕이며 되돌아갔다.

점차 위로 향하며 혼을 부풀리자 현세에 도달했다.

쿠우우웅!

다시 눈을 떴을 때 주변은 폭음뿐이었다.

거리는 꽤 멀었지만 무영의 입장에선 바로 옆에 있는 것처럼 크게 들렸다.

'엔로스가 쳐들어왔군.'

예상보다 빠르다. 그러나 빠르다고 지켜만 볼 수도 없는 노릇이었다.

무영은 몸을 일으켰다.

스으윽.

그리고 연기처럼 사라졌다.

"물러난다!"

배승민은 결단을 내렸다.

전쟁은 길어질수록 불리하다. 한 번 물러나 태세를 점검할 필요가 있었다.

배수지가 걸리지만 그녀가 성공할 가능성은 희박하다. 그 가능성에 걸고 이곳을 계속해서 사수할 순 없는 노릇이었다.

'이대로는 가망이 없다.'

진격이 너무나도 빨랐다.

배승민이 가진 힘으로는 막는 게 고작. 그것도 오래 끌진 못한다.

"막아라! 놈들의 퇴로를 막아!"

"사냥이다! 크하하하!"

악마들은 미쳐 날뛰었다. 하지만 완전히 미쳐 버린 건 아닌 듯싶었다. 최대한 효율적으로 '사냥'을 행할 정도의 이성은 남아 있었다.

그것이 무척이나 귀찮았다.

배승민은 혀를 찼다.

이대로 후퇴하면 이삼천가량의 병력을 함께 잃을 것이나, 그래도 해야만 했다.

안 그러면 전멸을 면치 못할 것이기에.

"물러……."

콰아아아앙!

그때였다.

무언가가 날아왔다.

대포알이 박히듯, 하지만 그 범위는 고작 대포에 비견할 바가 아니다.

거대한 크리에이터가 생겨났고 족히 오백이 넘는 악마의 신체가 그 여파로 뒤틀렸다.

화르륵!

강렬한 화염이 주변 악마들을 집어삼켰다.

악마들은 기겁하며 물러났다. 일반적인 악마들은 시체를 남기지 않는다. 주변 모든 악마가 이윽고 가루가 되어 흩날렸다.

그 중심에 누군가가 있었다.

"주인님?"

무영!

그가 나타난 것이다.

화아아아아악!

불의 지배자. 진정한 불의 권능자가 발현하는 화염은 결코 잠재울 수 없다. 처음에는 디아블로의 불꽃을 카피한 것에 불과했으나, 이제는 온전히 무영의 권능이 된 불의 힘이었다.

여섯 장의 날개도 불꽃으로 얼룩졌다.

그 상태에서 무영이 다가왔다.

악마들은 감히 다가올 생각조차 하지 못했다.

"배수지는 어디 있지?"

"그녀는 배 안으로 들어갔습니다."

배승민이 급히 한쪽 무릎을 꿇으며 답했다.

무영은 인상을 찌푸렸다.

"왜 말리지 않았지?"

"그녀가 희망한 일이었습니다. 최소한 시간은 끌 수 있을 테지요."

"너는 그래도 괜찮은 건가?"

이쯤 되자 배승민도 고개를 갸웃할 수밖에 없었다. 무영이 이처럼 시시콜콜 캐물은 적은 처음이었기 때문이다.

"제가 괜찮지 않을 일이 있습니까?"

못 알아본 걸까?

무영이 말을 안 했으니 몰랐을 수도 있지만 너무나도 공교로웠다.

이대로 모르고 지나갈 수는 없었다.

더 이상 이 일을 외면하도록 두어선 안 된다는 뜻이다.

바로 앞에 있는 진실조차 모르고 지나간다면 이 얼마나 분통할 일이겠는가.

물론 그동안은 알아봤자 혼란만 가중시킬 것이었기에 넘어갔지만 정작 당사자들이 모였다면 이야기는 다르다. 그리고 무지로 인해 더욱 가혹한 광경에 둘이 몰리는 것을 무영은 바라지 않았다.

하여 무영은 말했다.

"배수지는 너의 딸이다."

"그게 무슨……."

배승민이 정색했다.

딸이라니?

자신은 리치다. 엘더 리치. 리치의 왕적인 존재다. 그 이전의 기억은 매우 모호하기 그지없었다.

무영을 제외하면 당연히 살아 있는 인연이 있으리란 생각은 하지 못했다.

그런데 그냥 인연도 아닌, 딸이라고?

"설명을 길게 하진 못하겠군. 하지만, 배수지는 너의 친딸이 맞다."

무영은 '성'을 올려다봤다.

중력장의 영향에서 벗어난 성이 다시금 창공을 가르고 있었다. 더욱 많은 악마가 튀어나왔고 시시각각 퇴로조차 막혀 가는 상황이었다.

배승민의 몸이 잠시 흔들렸다.

무영이 거짓말을 할 이유는 없었다. 그가 말하는 건 언제나 진실뿐이었다. 적어도 배승민에게 거짓을 말한 적은 없었다.

무영의 말이 사실이라면.

그러한 생각을 하자 하늘이 무너지는 것만 같았다.

"제가 찾아야 하는 것이 그럼……."

배승민은 항상 고민했다.

무언가, 아주 중요한 무언가를 잃어버린 것만 같았다.

찾아야만 한다고, 반드시 찾아야 한다는 그런 압박감이 항상 있었다.

그것이 설마 자신의 딸이리라곤 전혀 상상조차 못했지만.

"너에게 굳이 혼란을 주기 싫었다. 아니, 솔직히 나는 판단할 수 없었다. 너는 죽음 위에 선 자이고, 배수지는 삶을 그리는 생자였으니까."

맞다. 이 문제에 관해서 무영은 판단할 수 없었다.

혼란을 주지 않으려고 했던 게 가장 큰 이유이지만 그 역시 변명에 불과하다.

어느 게 맞고 그른지 판단하지 못했을 뿐이다.

배승민은 죽었다. 죽어서 리치가 됐다. 과거의 기억도 대부분 잃었다.

그 상태에서 배수지라는 아이가 존재한다는 걸 알게 되면 극도로 불안정한 상태에서 어떠한 영향이 갈지 무영은 알 수 없었다.

그래서 계속 보류하고, 보류하고, 또 보류했지만…… 당사자들끼리 엮였다면 진실을 말해줘야 한다고 생각했다.

언제까지 피할 수는 없지 않겠는가.

"배수지. 그 아이가 정말 제 딸이라는 겁니까……?"

"나는 너의 선택을 존중하마."

배수지를 구하는 것도, 구하지 않는 것도 배승민에게 맡겼다.

배승민은 죽은 뒤 다른 존재가 됐다. 살아 있을 때의 기억에 의존하지 않아도 된다는 뜻이다.

하지만 그가 과거를 붙잡겠다면 그 역시 존중해 줄 셈이었다.

배승민은 혼란해하고 있었다. 배수지가 요청했다지만 그

녀를 사지로 몰아넣은 건 결국 자신이었다. 그 선택에 대해서 아무런 일말의 죄책감도 느끼지 않았었다.

하지만 자신의 딸인 걸 알았다면 그러한 선택을 했을까?

배승민의 감정은 대부분이 마모되어 있었다. 리치는 본래 메마른 존재다. 부정이 살아 있을 리 만무했다.

'왜 기억이 나질 않는 것이냐, 왜!'

하지만 지금 배승민은 극도로 불안한 감정선을 지니고 있었다.

기억이 진실을 들었음에도 기억이 떠오르지 않는다.

다만 기억 속에 배수지를 끼워 넣자 조금 온화한 광경이 그려지는 것 같았다.

차라리 기억이라도 떠올랐다면 망설이진 않았을 텐데.

"그 아이는…… 살아 있습니까?"

"살아 있다. 상태는 썩 좋지 않은 것 같군."

무영과 배수지는 연결됐다. 물론 연결됐다고 하더라도 모든 걸 알 수는 없었다. 다만, 힘이 약화되어 있다는 것만은 분명했다.

배승민이 고개를 끄덕였다.

"제가, 제가 찾겠습니다. 저는 그 아이를 제대로 본 적이 없습니다."

배승민은 배수지를 처음 보았을 때, 그녀를 '쥐새끼'로 비유했다.

이후에도 제대로 마주하려고 한 적이 없었다.

왜 그랬을까.

배수지를 보면 알 수 없는 감정에 휩싸여서 그랬다. 적어도 한 번은 제대로 봤어야 했는데 그러질 못했다.

'봐야 한다. 머릿속에 선명히 그려질 때까지 보고 또 봐야 한다.'

제대로 마주하고, 제대로 이야기하고, 그다음 결론을 내려도 늦지 않다.

하지만 그러기 위해선 배수지를 살려야 했다.

죽음 속으로 기어들어간 자를 다시 살리는 작업. 적어도 '죽음' 그 자체인 리치에겐 전혀 어울리지 않는 행위였음은 분명했다.

무영은 얕게 웃었다.

"길은 내가 열어주마."

퇴로는 막혔다.

2만이 넘는 병력으로는 수십만의 강화된 악마를 어찌할 수 없었다.

화와아아아악!

불이 거세졌다.

무영이 가진 여섯 장의 날개가 화염에 휩싸여 하늘에 닿을 만큼 거대해졌다.

이윽고, 무영이 눈을 감으며 되뇌었다.

"그 빛은 분명히 존재하였도다."

샤아아아아아아아아!

하늘에 구멍이 뚫렸다.

그리고 어느 때보다 밝은 빛이 지상에 드리워졌다.

"끄아아아익!"

"사, 살려줘! 괴로워!"

"제발! 아아악!"

빛에 닿은 악마들이 괴로움에 몸부림을 쳤다.

무영이 가진 신격이 알스 노바의 주문으로 말미암아 강화된 것이었다.

알스 노바는 짧은 기도문의 집합이다.

신격이 존재한다면, 단지 그 기도문의 구절을 외는 것만으로 이만한 힘을 낼 수 있었다.

하지만 무영조차 모든 기도문을 다 알진 못했다. 단지, 알스 노바를 한 번 봤을 때 몇 가지 강력한 주문을 익힐 수가 있었다.

"불과 같이 태우고, 바다와 같이 포용하라."

스아아아아아아악!

무영의 날개가 한순간 더욱 거대해졌다. 그러곤 천천히 감싸며 넓은 영역에 걸쳐 존재하던 악마들을 그대로 집어삼켰다.

단 두 번의 영창으로 십만이 넘는 악마가 증발했다.

그럼에도 많은 악마가 남았으나 순식간에 일어난 일에 악마들은 기겁할 수밖에 없었다.

비틀!

일순 무영의 몸이 비틀렸다.

'알스 노바의 주문은 많은 힘을 소모하는군.'

기껏해야 세 번. 무영이 외울 수 있는 주문의 횟수다. 그 이상은 마력과 신격이 따라주지 못할 것 같았다.

스릉!

무영이 비탄을 뽑았다.

적들에게 혼란을 주는 데 성공했다. 길도 열렸다. 이 틈을 놓칠 수는 없었다.

"지금 간다면 늦지 않을 것이다."

이어, 무영은 비탄을 높이 들었다.

모든 망령이, 언데드가, 오가르와 타칸이, 이종족들이 무영을 쳐다봤다.

"따라라. 적을 멸할 시간이 왔다."

"너는 누구냐?"

따악!

엔로스가 지팡이를 내려쳤다.

동시에 검은 촉수들이 생겨나 침입자의 전신을 휘감았다.

수많은 악마를 뚫고 성의 중심부까지 누군가가 들어오리 라곤 생각하지 못했다.

엔로스가 아니었다면 당했을 것이다.

하지만 엔로스였기에 당하지 않았다.

침입자는 입을 꾹 닫았다. 전신에 피가 넘쳐흘렀으나 아직 죽진 않았다. 하지만 머지 않아 위험한 상태에 빠지리란 것 은 확신했다.

그리고 침입자를 바라보며 엔로스가 고개를 저었다.

"잘못 말했군. 다시 말하지. '그'는 누구냐?"

엔로스는 배수지를 바라보고 있었으나 정확하게는 배수지 너머에 있는 '누군가'를 느끼고 있었다.

그 강렬한 존재감 때문에 배수지를 바로 죽이지 않은 것 이다.

이 모든 일의 배후. 어쩌면 진짜 샤르-샤쟈르를 죽였을지 도 모르는 자.

배수지와 리치에게 한눈을 팔고 있었지만 진짜는 저 너머 에 있는 '누군가'였다.

"그는 마신인가? 디아블로처럼 이계에서 나타난?"

배수지는 '누군가'와 이어져 있었다.

그러나 알 수 없는 격이 느껴졌다. 이만한 격……. 적어도 마왕 중엔 없다. 초월체, 혹은 마신들에게나 볼 수 있는 그러 한 격이었다.

하지만 무척이나 생소하기도 했다. 이런 종류의 격은 느껴 본 적이 없었다.

배수지는 작게 웃어 보였다.

그것만으로도 충분했다.

"좋게 말해선 못 알아듣는 부류로군."

엔로스는 궁금했다. 궁금해서 미칠 것만 같았다. 그래서 배수지에게 '정신 지배'를 행하기로 하였다.

정신을 움직이는 건 엔로스의 특기다. 완전히 제압된 상대의 정신을 가지고 노는 건 그에게 일도 아니었다.

손을 뻗어 배수지의 머리를 낚아챘다. 그러곤 지팡이로 문자를 써넣었다.

"다시 물으마. '그'는 누구냐? 너의 안에서 이어진 그 존재를 말해라."

시간이 오래 걸리진 않았다.

하지만, 배수지는 여전히 답하지 않았다.

여전히 미묘한 웃음만을 흘리고 있을 따름이었다.

기절한 것이다.

하지만 정신 지배가 제대로 작동하는 상태라면 기절의 유무는 상관이 없었다.

본래대로라면 배수지는 엔로스의 물음에 답을 해야 했다.

그런데도 무소식이라는 건 한 가지 경우밖에 없었다.

'정신 지배가 통하지 않는다?'

믿기지 않았다. 자신이 가진 지배의 힘이 통하지 않는다니!

철의 마왕 엔로스. 그가 가진 진정한 힘은 정신을 지배하는 것이었다. 수십만의 악마를 동시에 강화시킬 수 있었던 것도 그 때문이었다.

하지만, 엔로스의 힘이 통하지 않는 건 당연한 일이었다.

일전, 푸른 사원을 막 빠져나갈 적에 무영은 배수지에게 '자기 방어기제'를 쌓아둔 적이 있었다.

단순히 무영 자신의 존재를 알리지 않게 하기 위한 조치였지만 그 내재에는 강력한 '정신 방어'도 함께 만들어둔 것이었다.

'웡 청린'의 세뇌는 세계 제일 수준이었다. 오히려 세세한 부분에선 엔로스보다 더욱 뛰어났다.

단순히 마력과 마법으로 밀어붙이는 엔로스와 달리, 웡 청린은 정신을 무척 체계적으로 정리해 낸 인물이었기 때문이다.

그런 웡 청린을 대비하고자 쌓아둔 것이니 쉽게 뚫릴 리가 없었다.

그제야 엔로스의 표정이 변했다. 엔로스가 얼굴을 일그러뜨렸다.

"낡은 건 내가 아니라, 그였던가……!"

화아아아아아악!

그 순간, 거대한 빛이 성을 비췄다. 이어 작렬하는 화염이 또 한 번 성을 삼켰다. 성을 지키던 방어벽이 그대로 녹아버렸다.

무방비 상태. 일순간 마력의 교란으로 인해 성이 떨어지기 시작했다.

가공할 위력이다. 엔로스조차 흉내 내지 못할 이적이었다.

이 힘, 분명하다.

'그'가 나타났다.

하!

엔로스가 숨을 크게 토해냈다.

참으로 공교롭기 그지없었다.

마치 노렸다는 듯이 나타나 악마들을, 자신을 유린하고 있었다.

어쩌면.

어쩌면 샤르-샤쟈르가 죽은 직후부터 낚인 건 자신이었을지도 모른다.

사냥을 하기 위해 왔으나 정작 사냥당하는 게 자신이었다니.

"나는 엔로스다. 위대한 철의 마왕! 내가 쉽사리 당할 것 같은가!"

인정할 수 없었다.

덫은 자신이 놓는 것이다. 사냥도 오로지 자신의 몫이었다.

엔로스는 자신이 덫에 걸렸다는 생각을 부정했다.

쿵! 쿵! 쿵!

하나 그게 끝이 아니었다.

무언가가 또 온다.

하지만 '그'의 힘은 아니다.

방어벽이 사라진 성을 누군가가 강제로 뚫어버리고 있었다.

가공할 마력.

무수한 마력의 증폭으로 무리를 해서 뚫어내고 있는 것이었다.

엔로스가 몸을 돌렸다.

동시에 말했다.

"엘더 리치……!"

정확히 중심부에 지팡이를 든 엘더 리치가 나타났다.

어이가 없었다.

'그'가 나타나도 시원찮은 판국에 리치라니?

물론 잠재력은 인정하지만, 한때는 자신의 것으로 만들려는 생각도 있었지만 마음이 바뀌었다. 리치 따위는 철의 마왕을 이길 수 없다.

이 모든 게 놈의 '대본'이라면 엔로스는 우선 저 리치와 여자를 죽이는 것으로 그 대본을 깨부수겠다고 마음먹었다.

"네놈 따위가 나를 이길 수 있을 것 같더냐!"

"이기기 위해 온 게 아니다."

배승민이 고개를 돌렸다.

배수지는 살아 있었다. 상태는 심각했지만 살아 있다는 게 중요했다.

정신은 잃은 듯싶었다.

배수지를 보자 배승민이 흔들렸다. 만약 눈이 존재했다면 동공이 쉴 새 없이 움직였을 터였다.

이윽고 배승민이 다시금 엔로스를 바라봤다.

그리고 깊은 회한과 함께 말했다.

"그저…… 후회하지 않기 위해 왔다."

죽음은 끝이다. 결코 후회 따위 하지 않아야 정상이다.

하지만 배승민은 평범한 리치가 아니었다. 오히려 리치가 된 이후 그는 수많은 변화를 겪고 있었다.

비단 배승민만이 아니라 언데드들 자체가 모두 변화의 한 가운데 있었다.

무영이 만든 언데드는 그만큼 평범하지 않았다. 그리고 그 중에서도 배승민은 특별했다.

배승민은 다시금 배수지를 바라봤다. 애잔했다. 왜인지는 모르겠으나 볼에 손을 대고 괜찮다고 말해주고 싶었다.

이 감정이 과연 무엇인지 배승민은 잘 모른다. 다만, 후회 하지 않으려거든 반드시 그녀를 데려가야 할 것 같았다.

"리치가 후회를 논해? 웃기는 일이로군."

쿠웅!

엔로스가 지팡이를 내려쳤다.

그러자 촉수와 그림자들이 솟아났다. 오로지 배승민을 휘

알스 노바 171

감고자 그것들이 움직였다.

배승민은 마력을 폭주시켰다. 몸이 당장 부서져도 이상하지 않을 정도로.

그러자 마력 수치가 일순간 700을 넘어섰다.

"초월체에 육박하는 마력! 하지만 언제까지 비틸 수 있을까?"

엔로스도 살짝은 긴장했다. 적어도 이 순간, 배승민의 저력은 엔로스와 맞먹고 있었으니 말이다.

문제는 시간이다.

그래, 엔로스의 말마따나 폭주한 상태로 오랜시간을 버틸 순 없다. 기껏해야 3분. 더 무리해서 사용하면 전신이 폭사해 버릴 것이었다.

"충분하다. 아마데우스."

마녀를 소환하는 의식.

본래는 히드라의 머리를 재물로 던져 주었으나 지금은 그럴 필요가 없었다.

넘치는 고순도의 마력!

이는 히드라보다도 더욱 좋은 재료고 재물이었다.

끼아아아아아악!

'문'을 뚫고 튀어나온 마녀 베아트리스의 육체가 전보다 작아졌다. 하지만 전신에 검은 기운이 머물렀다.

엄청난 속도로 그림자와 촉수들을 제거했으며 척후병의

역할을 톡톡히 해줬다.

그사이 배승민은 다른 마법을 준비했다.

강화된 베아트리스는 모든 걸 부수고 파괴하지만 엔로스를 상대로 얼마나 버틸지 알 수 없었다. 최강의 마왕이라 평가받는 엔로스였으니 결코 낙관적으로 생각해선 안 된다.

"같잖군."

엔로스가 다시금 지팡이를 휘둘렀다.

지잉! 지잉! 지이이잉!

사방에서 오망성이 그려졌다. 이어 오망성 위로 활을 든 쉐도우 아처들이 모습을 드러냈다.

쉐도우 아처의 화살은 모든 걸 어둠으로 되돌린다. 닿는 모든 걸 저주하고 멸살하는 게 쉐도우 아처의 화살이었다.

그런 쉐도우 아처가 300여.

바닥, 공중, 혹은 벽에 붙은 채로 수없이 쏴댄다.

캬아아악!

아무리 재빠른 베아트리스라도 맞지 않을 순 없었다.

하지만 몇 발로는 부족하다. 베아트리스는 쉐도우 아처들마저 순식간에 깨부수며 엔로스를 향해 다가갔다.

"둠 나이트."

그 와중이었다.

쉐도우 아처들의 부서진 잔해가 모이며 거대한 기사의 형상을 만들었다.

둠 나이트!

데스 나이트보다도 더욱 격이 높은 존재!

전설으로만 전해지는 최종 형태의 언데드 기사였다.

촤아악!

베아트리스의 손톱과 둠 나이트의 검이 부딪힌다.

하지만 베아트리스의 신체에는 상처가 늘어만 갔다.

둠 나이트는 과거의 위대한 영웅이 언데드화되어서 만들어졌다는 설도 있고, 혹은 애당초 '전설'에서 잉태한 허구의 존재라는 설도 있었다.

하나 그 위력은 어지간한 용조차 홀로 도륙할 만큼 강력하다.

죽음의 군주가 둠 나이트 몇 기를 다루기는 하였지만 엔로스가 둠 나이트를 다룰 수 있다는 이야기는 전해진 바가 없었다.

배승민이 침음을 삼켰다.

자신이 소환할 수 있는 최대 병기는 지금 상태의 베아트리스였다.

한데 그 베아트리스마저 밀릴 정도로 강력한 소환물이라니. 하물며 엔로스의 주특기는 소환이 아니었다.

"내 마법은 한계가 없다."

엔로스가 원을 그렸다. 곧 원에서 수많은 원령의 눈이 떠올랐다.

'죽음의 눈'

강력한 저주 계열의 마법이다. 쳐다보는 상대의 모든 것을 약화시키는.

그러나 배승민도 마침 마법 하나를 완성했다.

'어비스.'

지옥의 현현.

배승민이 가진 모든 문이 열리며 괴물이 대거 출현했다. 또한 주변 지형이 바뀌며 땅속에서 언데드들이 튀어나오기 시작했다.

배승민이 사용할 수 있는 유일한 '고유 결계' 마법이었다.

끝없이 샘솟는 적들을 상대하며 엔로스는 살짝 놀란 눈빛을 지어 보였다.

모든 걸 봤다고 생각했는데 아직까지 이만한 술수를 숨겨 놨을 줄이야!

하지만 당황이나 두려움 같은 건 없었다. 어디까지나 흥미일 뿐이었다.

"아깝구나. 진정으로 아까워."

엔로스가 중얼거렸다.

고유 결계까지 사용할 줄 아는 리치라면 그 성장 가능성이 무한하다고 할 수 있었다.

하지만 리치의 뒤에 있는 존재가 거슬렸다.

어쩔 수 없이 리치를 자신의 손으로 없애야 하니, 아까울 수밖에.

엔로스가 지팡이를 크게 휘둘렀다.

촤악! 촤아악!

마치 검처럼 휘두르자 허공에 거대한 야수의 손이 생겨나며 결계를 찢어발겼다.

"내 앞에 모든 마법은 무용지물이니라."

어비스의 결계가 순식간에 깨졌다.

배승민은 이를 악물었다.

베아트리스도, 어비스도 통하지 않는 상대!

이만한 강적은 처음이었다. 적어도 마법사를 상대하는 데 있어서 엔로스는 최강자 중 한 명임이 분명했다.

'남은 수는…….'

자신이 가진 수를 모두 계산해 봤다. 냉철하게 따져 보고 승률을 점쳤다.

한없이 낮다. 엔로스를 상대로 이길 생각을 하는 것 자체가 어불성설이었다.

'이길 생각은 없다.'

애당초의 목적을 떠올렸다.

배수지를 구하는 것.

배승민의 뼈들이 부풀어 오르고 축소하길 반복했다. 폭주의 영향이 신체에 악영향을 끼치고 있는 것이다.

이대로 시간을 보내면 자멸할 터.

말 그대로 자폭이다.

배승민은 다시금 배수지를 바라봤다. 그리고 베아트리스에게 은밀한 명령을 내렸다.

꺄아아아아아악!

베아트리스가 피눈물을 흘리며 발광하기 시작했다.

광전사. 베아트리스 역시 배승민처럼 폭주하였다.

둠 나이트가 살짝이나마 밀리기 시작했고 엔로스가 마법을 시전하려는 사이 배승민이 지팡이를 바닥에 꽂았다.

그러자 모든 마력이 지팡이의 끝을 향해 모여들었다.

"설마……!"

엔로스도 배승민이 무엇을 하려하는지 그 낌새를 눈치챘다.

자폭!

저만한 마력이 한 번에 폭발하면 주변 일대엔 아무것도 남지 않을 것이다.

한데 배승민은 그마저 조절하고 있었다.

폭발의 범위를 설정하고 오로지 엔로스만을 데려가겠다는 일념으로 마력을 모았다.

상식을 뛰어넘은 마력 컨트롤.

"어림없다!"

엔로스가 자세를 낮추고 지팡이를 다시금 바닥에 꽂았다.

그러자 검은색 기류가 흘러나오며 엔로스의 몸을 감쌌다.

그사이, 베아트리스가 배수지를 낚아챘다.

그대로 입에 물은 채 성의 바깥으로 떨어져 내렸다.

"모든 마법이 통하지 않는다고 했나? 그렇다면 이것도 막아보아라."

배승민이 지팡이를 들었다.

그리고 엔로스를 향해 쏘아냈다.

상상을 초월하는 마력이 담긴 마력탄이 엔로스와 충돌하자 곧 거대한 폭음을 낳았다.

콰아아아아아아앙!

무영은 고개를 들었다.

웬 짐승 한 마리가 성에서 떨어져 내리고 있었고, 곧이어 엄청난 마력의 폭풍이 성을 집어삼켰다.

"배승민······."

무영은 인상을 찌푸렸다.

짐승은 배수지를 물은 채 무영의 옆까지 다가왔다. 또한 성은 폭발하며 급속히 떨어져 내리는 중이었다.

'자폭했군.'

모든 마력을 일점으로 모아서 폭발시켰다.

그런데도 성만을 부순 건 탁월한 능력 덕분이었다.

만약 배승민이 앞뒤 안 보고 자폭했다면 영지까지 피해가

갔을 터였다.

하지만 배승민이 자폭한 건 어디까지나 '껍데기'에 불과했다.

모든 리치는 '라이프 베슬'을 따로 둔다.

어디에 있는진 무영도 모르지만 그것을 찾아내 배승민을 다시금 재생시키면 그만이었다.

문제는…….

"엔로스."

전장은 거의 정리가 되어가고 있었다.

무영이 등장하자 악마들이 약화됐다. 반신격에 오른 무영의 힘은 고작 일반 악마들 따위가 어찌할 수 있는 것이 아니었다.

하지만, 무영은 고개를 들었다.

엔로스.

전신이 넝마가 된 채로 그가 허공에 떠 있었다.

"감히 리치 따위가! 감히 나를!!"

불의의 일격을 당해서일까.

최강의 마왕이라 칭송받던 엔로스가 굉장히 흥분한 모습이었다.

엔로스가 지팡이를 흔들었다. 그러자 검은색 불길이 마치 비처럼 하늘에서 쏟아지기 시작했다.

"나는 엔로스다! 누구도 나를 이길 순 없다!"

아무리 점잖은 척을 해도, 악마는 악마다. 흥분하면 나타나는 성격이 대동소이하다.

무영은 하늘에서 내려오는 검은 불길들에게 시선을 주었다.

광범위하게 떨어진다. 적아를 가리지 않고 다 없애버리겠다는 심산이다.

그러나 저 불은 굉장히 맛이 없을 것 같았다.

하여, 무영은 말했다.

"그는 그저 항상 그 자리에 있었노라."

알스 노바에서 무영이 본 세 가지 주문.

그 마지막 문구가 입에서 튀어나오자 그와 동시에 모든 불꽃이 사라졌다.

마치 처음부터 없었던 것처럼 말끔하게 말이다.

"캔슬러……! 하지만 이만한 범위를 어찌?"

엔로스가 기겁했다.

마법을 무효화시키는 방법은 몇 가지가 있었다. 하지만 모두 범위가 좁다. 이만한 범위를 한꺼번에 무효화시키진 못한다.

무영은 날개를 펼쳤다. 그리고 바닥을 한 번 박차자 순식간에 엔로스의 앞에까지 날아갔다.

엔로스의 눈동자가 흔들렸다.

'너머'에 있었던 존재. 그 존재가 지금 바로 앞에 있었다.

분명했다.

"네놈이로구나. 네놈이었어!"

신격이 느껴진다.

마신에 비할 바는 아니지만 마왕에 비할 바도 아니었다.

격의 차이.

사방위에 존재한다는 네 초월체는 아닐진대.

대체 어디서 이런 존재가 튀어나왔단 말인가?

"하지만 나는 엔로스다. 수많은 절망과 죽음을 몰고 오는 진정한 마왕!"

쿵! 쿵! 쿠르르르르릉!

번개가 쳤다. 검은색 번개가 무영을 집어삼켰다.

하지만 간지럽다.

엔로스의 마력은 절반가량을 상실한 상태였다. 배승민의 자폭으로부터 자신을 보호하고자 있는 대로 마력을 쏟아 넣은 탓이다.

멀쩡해도 힘들 터인데 고작 반쪽짜리 마력을 가지고 무영에게 타격을 입힐 수는 없었다.

루키페르의 힘은 탐식. 자신보다 작은 힘을 무시하는 성향이 있었다.

뿐만인가.

불멸자의 피부는 무척이나 견고하여 어지간한 마법 자체를 없애버린다.

고로, 무영 앞에서 '마법'은 거의 소용이 없다고 보면 된다. 마법사의 진정한 천적이 무영인 셈이었다.

"아직이다! 아직 멀었다!"

엔로스가 발악을 했다.

검은 손과 촉수들이 무영을 감쌌다.

하지만 무영에겐 닿지 못했다.

이것은 가브리엘의 힘이었다. 타락하지 않는 힘. 그것이 극대화되어 작금에는 부정한 것을 쉽게 닿지조차 못하게 만들고 있었다.

모든 수가 통하지 않는다.

엔로스가 멈칫했다.

"대체 네놈은 뭐란 말이냐! 대체…… 이 모든 힘을 어찌한 존재가 가질 수 있단 말인가!"

엔로스도 대강은 무영에 대해 파악했다. 하지만 남은 건 절망뿐이었다.

무영에게 내재된 수많은 힘. 결코 하나의 존재가 모두 가질 수 있는 종류의 것들이 아니었다.

엔로스가 마법을 쓰는 족족 무영은 그 자체를 무시했다.

마치 면역이라도 가지고 있는 듯이.

무영이 다가서자 엔로스가 뒷걸음질을 쳤다.

그러더니 엔로스가 다시금 검은색 구 속에 숨었다. 배승민의 자폭조차 막아낸 방어벽을 친 것이다.

이윽고 무영의 이마 위로 뿔 하나가 돋아났다.

스릉!

비탄을 뽑은 채, 64배속의 속도로 날아가며 검은 구를 베었다.

쩌정!

폭발과는 다르다. 일점. 하나의 점에 집약시킨 힘은 방어벽 따위가 막을 수 있는 성질과는 거리가 멀었다.

"대체 어떻게……!"

쩌어억!

양쪽 날개가 떨어졌다.

"이럴 순 없다. 이럴 순 없단 말이다! 나 엔로스가 정체도 모를 녀석에게……!"

"네가 시작이다."

엔로스의 전신이 파열되기 시작했다. 마법을 사용하는 마법사답게 승리하지 못한다는 것을 깨닫고 자신의 신체를 없애고 있는 것이다.

아마도 무영이 언데드와 관련된 고난이도의 마법을 익혔다고 생각하고 있기 때문이리라.

샤르-샤쟈르와 마찬가지로 자신이 언데드가 되는 치욕을 견딜 수 없다고 생각하는 듯싶었다.

하지만…….

"그는 그저 항상 그 자리에 있었노라."

알스 노바의 주문.

그리고 이 기도문은 행한 모든 걸 무효화시킨다.

신체의 수복은 아니어도 마법 자체를 캔슬하는 효과가 있었다.

그러자 엔로스의 분열이 멈췄다.

엔로스는 경악했다.

하지만 이번엔 비명조차 지를 수가 없었다. 너무나도 놀란 탓이다. 설마 스스로의 분열마저 막아내다니. 상상조차 못했기 때문이다.

무영은 피식 웃으며 말했다.

"너는 언데드가 될 것이다. 내 검이 되어 마신들의 뒤를 쳐라."

엔로스는 전율했다.

곧이어, 무영이 손을 뻗었다.

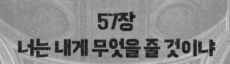

57장
너는 내게 무엇을 줄 것이냐

날이 밝았다.

성은 가라앉았으며 영지를 위협하던 어둠도 함께 걷혔다.

무영은 시체처럼 누워 있었다.

두 번이 한계라고 보았지만 끝을 확인하고자 네 번의 '주문'을 외웠다.

그 결과 꼼짝도 못하는 신세가 되었다. 그러나 의식은 선명했다.

'알스 노바는 순환을 다루는 힘이다.'

덕분에 얻은 정보도 많았다.

알스 노바는 순환을 조정할 수 있다. 순환은 '신'의 힘이고 사용하면 사용할수록 더더욱 '신'에 근접하게 해주는 힘이라는 걸.

만약 이 힘을 자유로이 다룰 수 있다면 불가능은 없어질 것이었다.

하지만 '신'에 다가간다는 건 스스로를 죽이는 일과 똑같았다. 모든 오욕과 감정을 잊고 순환 속에 머무는 게 신이라는 존재였다.

고로, 무영은 신이 될 생각이 없었다. 그렇기에 균형을 잡아야 했다.

균형. 그것은 마(魔)의 힘을 더욱 키우는 것이다.

마신을 잡아먹고 그 힘을 자신의 안에 가두는 것이었다.

신격의 중심을 잡을 수 있는 건 또 다른 신격뿐이 없으니.

무영이 다시금 침상에서 일어난 건 장장 7일이 흐른 뒤였다.

"빠!"

가장 먼저 다가온 건 스노우였다.

과거 성녀였으나 모종의 일을 겪고 지금은 아이와 다를 바 없는 정신을 갖게 된 여인. 무영을 무척이나 따랐으며 왜인지 모르겠지만 '용'을 포식하는 힘을 지녔다.

그 옆에는 하이엘프 아인도 함께하고 있었다.

"일어나셨군요."

"내게 볼일이 있나?"

"아니요. 그저 스노우가 그쪽의 옆을 계속해서 지키고 싶어 했기에……."

무영은 어깨를 으쓱하며 일어났다.

스노우는 뭐가 그리도 좋은지 실실 웃으며 무영의 옆에 얼굴을 묻고 있었다.

무영은 자리를 털며 일어났다.

주변에서 움직이는 모든 것이 느껴진다.

영지의 수복, 전쟁이 끝난 뒤의 정리로 모두가 바쁜 것 같았다.

아무것도 묻지 않는 무영이 의아하여 고개를 갸웃한 아인이 물었다.

"궁금하지 않으십니까?"

"뭐가 말이지?"

"7일 만에 일어나셨습니다. 영지의 상황 등이 궁금하지 않은지요?"

"알고 있다. 또한……."

무영은 걸쳐진 새하얀 가운을 벗었다. 아인이 슬쩍 고개를 돌렸지만 개의치 않고 무구를 갈아입었다. 그러곤 이어서 말했다.

"믿고 있다."

"빠아!"

스노우가 올라타려 하자 무영은 스노우의 목 뒤를 잡았다. 그리고 휙 침대 위로 던졌다. 못내 재밌었는지 스노우가 덩실덩실 웃었지만 무영은 무시하며 방을 나섰다.

이후, 무영은 고개를 돌렸다.

"타칸."

타칸은 며칠 전부터 문 앞에서 대기하고 있었다.

그는 뭔가가 들어 있는 천을 하나 들고 있었다.

무영이 나서자 타칸이 즉시 천을 풀었다.

"놈의 라이프 베슬을 찾아왔다. 니라면 복구할 수 있겠지."

보랏빛이 감도는 어른 머리통만 한 구슬.

이것이 '라이프 베슬'이다.

리치가 자신의 생명을 가둬두는 곳.

바로 배승민의 생명이 이 구슬 안에 담겨 있었다.

'라이프 베슬'이 없어지지 않는 한 리치는 죽은 게 아니다.

다만, 육체가 완전히 소멸했기에 부활하지 못하고 있을 따름이었다.

"배승민은 엘더 리치다. 평범한 재료로는 부활시킬 수 없다."

"필요한 걸 말해라. 내가 구하겠다."

무영은 의외라는 듯 타칸을 바라봤다.

둘이 이 정도로 의리가 있던 사이였나?

하기야 둘이 겪은 일이 제법 있었다. 그사이 정이라도 생긴 모양이었다.

그래도 잘됐다. 무영은 가장 간단한 답을 알려주었다.

"네 뼈다."

"내 뼈……?"

타칸이 순간 멈칫했다. 섬뜩하기도 했을 것이다. 자신의 뼈로 말미암아 배승민을 부활시킬 수 있다니 말이다.

하지만 타칸의 뼈여야만 하는 이유가 있었다.

"너희 둘의 '뼈'는 비슷한 점이 많다. 그 외엔, 죽음의 군주도 괜찮겠군. 또 다른 엘더 리치는 그밖에 없으니."

마신을 제외하면 가장 강력한 네 명의 존재.

그중 하나가 죽음의 군주였다. 죽음의 군주 역시 배승민과 같은 엘더 리치였으니 그의 신체를 사용하면 배승민의 부활도 쉬울 것이었다.

하지만 불가능한 일이다.

타칸 혼자서는 절대 안 되고 무영도 그곳까지 가자면 계획이 틀어진다.

'그레모리를 만나러 가야 한다.'

마신 그레모리!

그녀는 무영에게 세 개의 균열의 파편을 모아달라고 부탁했다. 그리고 무영은 세 개의 파편을 모았다.

엔로스가 사용하던 지팡이에 균열의 파편 두 개가 심어져 있었던 것이다.

이로써 무영이 얻은 파편은 총 네 개.

본격적으로 마신들의 싸움에 뛰어들 때가 됐디.

어사씨 지금쯤이면 마신 아몬 역시도 엔로스의 변고를 알아차렸을 터. 지금부터는 속도전이었다. 일을 지체했다간 역공을 당하기 십상이었다.

타칸은 주먹을 꽉 쥐더니 고개를 끄덕이며 말했다.

"좋다. 내 뼈를…… 내 뼈로 놈을 부활시켜다오."

"그랬다간 재생하는 데 시간이 꽤 걸릴 것이다."

"상관없다."

타칸의 뼈는 재생이 된다.

문제는 한 번에 많은 양을 빼갔다간 시간이 더욱 오래 걸린다는 점.

그것을 타칸은 아랑곳하지 않았다.

"따라와라."

무영이 등을 돌리고 걷자 타칸이 배승민의 라이프 베슬을 부둥켜안고 무영을 따르기 시작했다.

음습한 지하.

무영은 바로 일을 개시했다.

배승민의 신체를 다시금 수복하는 일은 재료만 있다면 그다지 어렵지 않았다.

그러나 선택하고 고민할 것은 있었다.

예전과 같은 선상에서 일을 처리할 것인가, 혹은 모험을 해볼 것인가?

배승민의 마력 조절 능력은 최상위급이다. 무영조차 뛰어넘는다.

그러나 신체가 버티질 못한다. 엘더 리치가 되었대도 그

토대는 결국 '인간'의 것이었으므로.

타칸의 뼈를 사용하면 조금은 나아질 터였다.

'그러나 부족하다.'

타칸의 뼈만으로는 한계가 있다.

무영은 자신의 몸을 내려다봤다.

'불멸자의 피부는 전신에 뿌리를 박았지.'

불멸자의 피부는 무영의 살을, 뼈를 다시금 재창조했다.

고로 지금 무영의 신체는 세상 어느 것보다 귀중한 '영약'과도 같았다.

용의 뼈? 불사조의 심장?

특급의 재료라고 해도 부족함이 없지만 그것들조차 무영의 신체에 비하면 한 수 아래다.

무영은 자신의 피부를 갈라 타칸의 뼈 위에 피를 쏟았다.

머리카락과 손톱 따위도 섞어 넣었다.

여기에 마력으로 뼈대를 세우고 외견을 주조한 뒤 마법을 덧씌웠다.

거기서 끝이 아니다.

'균열의 파편.'

애당초 세 개가 목표였으나 네 개를 얻었다.

하나가 남는 상황인데, 무영은 이 하나를 배승민의 심장부에 박아 넣기로 하였다.

이상한 일이지만 균열의 파편은 특정한 힘을 강화, 혹은 극대화시킨다.

이는 무영이 사용하는 고유결계 '황야'와도 비슷한 점이 있었다. 균열의 파편으로 폭주할 가능성도 있지만 반대로 그 비슷한 성질의 폭주하는 마력을 보다 더 안정적으로 증폭시킬 수도 있는 일이있다.

일종의 도박과 같지만 엔로스는 지팡이에 안정적으로 그 힘을 안착시켰다.

그 지팡이가 마법의 주인 '아몬'에게 선물받은 것이라 할지라도 아몬이 했다면 무영도 가능할 것이었다.

'죽음의 예술.'

형상을 이미지화한다.

안정적이고, 폭발적이며, 예술적인 신체로서 배승민을 다시금 탄생시킬 셈이었다.

그때였다.

〈데스 로드가 고개를 젓습니다.〉

〈그는 사용자 '무영'을 인정하였으며 더 이상 점수를 부여하는 데 의미가 없다고 판단했습니다.〉

〈불멸의 격을 얻은 자. 스스로 나아갈 길을 만드는 존재에게 데스 로드가 마지막 축복을 건넵니다.〉

〈'죽음의 예술'의 랭크가 'EX'가 되며 고유 능력이 개방됩니다.〉

〈사용자 무영의 성향에 따라 '부여'가 개방되었습니다. 이는

'죽음의 예술' 스킬을 사용했을 때 자동적으로 발동되며, 고유 능력에 관한 설명은 따로 존재하지 않습니다. 오로지 사용자 '무영'만이 고유 능력을 알아내고 개발할 수 있습니다.〉

〈리치 킹, '배승민'이 보다 완벽한 모습으로 재창조되었습니다.〉

〈'???부여'가 완료되었습니다.〉

이름: 배승민

레벨: 645

성향: 엘더 리치(리치 킹)

힘 550 민첩 540

체력 350 지능 700

지혜 700 마법 저항 660

혼돈 700 마력 580

+모든 네크로맨서 스킬 사용 가능(SS랭크)

+'빛의 계보'로 인한 성자의 스킬 사용 가능(S랭크)

+균열의 파편으로 인한 안정적인 마력 증폭(최대 1.3배)

+'세 개의 문' 사용 가능

+'마녀 베아트리스' 소환 가능

+한 번 본 걸 절대 잊지 않는 지능

+'대마법사'의 지혜

+무한한 성장력

+강력한 유대(무영, 타칸, 배수지)

번했다.

단순 수치만 보아도 정상적이진 않았다.

수치는 마왕 샤르-사쟈르조치 뛰어넘고 있었다.

엔로스에는 살짝 못 미치지만 엔로스보다 더한 것들을 가지고 있으니 되었다.

'대단하군.'

자신의 신체가 만들어낸 하나의 기적과도 같았다.

설마 이만한 완성품으로 완성이 될 줄이야.

'부여…… 무엇을 부여한 거지?'

또한 자신의 랭크 역시 올랐다.

데스 로드가 점수 매기길 포기하고 무영의 고유성을 인정한 것이다.

그로 인해 고유 능력이 개방되면서 '부여'할 수 있는 힘을 얻었지만, 그게 무엇을 부여하는 것인지 무영조차 알지 못했다.

하여간 무영은 고개를 끄덕였다.

차차 알아 가면 될 일.

지금은 완성된 배승민에게 집중해야 할 때였다.

우선 역시 무영의 생각대로 안정적인 마력의 증폭이 가능해졌고 사용가능한 네크로맨서의 스킬이 대폭 늘어난 듯싶었다.

또한 '대마법사'의 지혜라면 모든 스킬을 익히는 속도가 범상치 않다는 뜻이었다. 가르쳐만 주면 무엇이든지 스펀지처럼 빨아들일 것이다.

타칸의 '본 것을 익힌다'라는 능력은 심오한 학습이 불가능하지만 배승민은 그조차 가능하게 만드니 무엇이 더 좋다고 우열을 가릴 순 없었다.

'강력한 유대?'

저게 무엇을 뜻하는지는 모르겠지만 무영의 이름도 함께 넣어져 있는 걸 보니 악영향을 끼치는 건 아닌 듯싶었다.

타칸의 뼈와 무영의 피 등이 섞였기 때문일까.

잠시 후 배승민이 새로운 신체를 사용하여 일어났다. 그래 봤자 전과 비교하면 외견상 차이는 크게 없지만 말이다.

"감사합니다, 주인님."

배승민은 즉시 지금의 상황을 정리했다.

그러곤 무영을 향해 깊게 고개를 숙였다.

"전보다 힘이 흘러넘치는 것 같습니다."

"너는 강해졌다."

"지금이라면…… 다시 엔로스와 싸워도 쉽게 질 것 같진 않습니다."

무영은 피식 웃었다.

그 엔로스도 지금은 언데드가 되어 있다.

정말로 저 말이 사실일지는 직접 싸워보게 하면 될 일이었다.

그러는 사이 배승민이 다시금 무영을 쳐다보았다.

"주인님, 한데…… 그 아이는, 그 아이는 괜찮습니까?"

"배수지 말인가?"

"예."

배승민은 배수지를 구하고자 몸을 던졌다.

배수지의 생사가 궁금하기도 할 것이었다.

"살아 있다."

"그, 그렇군요."

"하지만 깨어나지 못하고 있다."

"……!"

배승민이 잠시 멈칫했다.

무영이 이어서 말했다.

"신체는 괜찮지만 정신이 깨어나는 걸 거부하고 있다. 나로선 잘 이해가 안 되더군."

"제가 가겠습니다."

"마음대로 해라."

무영은 어깨를 으쓱했다.

그러자 배승민이 무영을 향해 크게 한 번 절을 하더니 슬쩍 옆으로 고개를 돌렸다.

뼈가 흩어진 잔해들. 타칸으로 추정되는 무언가.

"그것은?"

"신경 쓰지 마라."

타칸도 굳이 이 일이 알려지길 바라진 않을 터였다.

오히려 창피해하겠지. 왜 알렸느냐고 무영에게 따질지도 모른다.

"······감사합니다. 평생을 따르겠습니다."

배승민이 살짝 다급한 듯이 지하를 나섰다.

배수지에 관련된 일이니 무영도 그러려니 하였다.

그보다 문제는.

"타칸······. 수복이 쉽지는 않겠군."

배승민은 재탄생시키는 데 너무 심취하여 가리지 않고 뼈를 가져다가 썼다.

그 결과 타칸은 겨우 흔적만 남기고 있었다.

이건 재생 이전의 문제였다.

무영은 다시금 자신의 신체를 내려다보았다.

'갈비뼈 하나쯤은 괜찮겠지.'

배승민은 복잡한 눈빛으로 침상 위를 바라봤다.

전보다 힘이 넘쳤고 지식의 문도 더욱 활짝 열린 것 같지만, 여전히 배수지에 관해선 자신의 감정을 알 도리가 없었다.

아마도······ 완전하지 않은 기억 때문일 것이다.

배수지는 죽은 듯이 누워 있었다. 숨은 쉬었지만 깨어나지 않았다.

그 상태에서 배승민이 할 수 있는 건 없었다. 아니, 배수지에게 손을 대는 것조차도 쉽지가 않았다.

마치 보이지 않는 견고한 '벽'이 쳐져 있는 듯했다.

하루가 지나고 이틀이 지나고 며칠이 더 지났음에도 배승민은 자리를 지켰다. 그저 돌덩이인 마냥 가만히 서서 배수지를 지켜만 보고 있었다.

'어렵구나.'

하지만 생각하는 걸 멈추진 않았다.

어쩌면 배승민은 이대로 배수지가 눈을 뜨지 않기를 바라는 것일지도 모른다.

만약 이 상태에서 배수지가 눈을 뜨면?

어찌 대해야 할까. 내가 너의 아빠라고 말을 해야 하는 것일까.

하지만 배승민은 이미 죽은 자다.

배수지가 기억하는 아버지의 모습과는 분명히 차이가 있었다. 지금에 와선 살아 있을 적의 배승민과 지금의 배승민이 같은 존재라고 하는 것조차 쉽지 않았다.

엄밀히 말하자면 99%가 변하고 1% 정도가 남아 있을 터였다.

그것을 과연 '동일'하다고 할 수 있을 것인지.

그래서 배승민은 공포를 느꼈다. 미지에 대한 공포. 배수지에게 향하고 있는 감정과 그 외의 여러 가지 것들에 의한 공포!

이만한 공포는 엔로스를 상대할 때조차 느끼지 않았다. 어느 적과 싸우더라도 지금과 같은 감정을 가진 적은 없었다.

또한…… 어쩌면 배수지는 진즉에 '배승민'을 잊어버렸을지도 모른다.

마계는 과거에 기대면 살아가기 쉽지 않은 장소다. 누구보다 냉혈하고, 누구보다 굳세어야만 살아갈 수 있는 죽음의 대지다.

만약 배수지가 배승민을 기억하지 않는다면. 그건 그거대로 괜찮을 지도 모른다. 그럼에도 배승민은 쉽게 자리를 뜰 수가 없었다.

"너는 누구냐?"

배승민은 고개를 돌렸다.

근육질의 민머리 남자가 자신을 바라보고 있었다.

하지만 본 적이 없는 자다.

남자가 애써 화를 식히며 말했다.

"일이 어떻게 돌아가고 있는지는 모르겠다만, 나는 그 아이를 데려갈 것이다. 이곳은 그 아이에게 너무나도 위험해."

남자는 권왕이었다.

타칸에게 당한 뒤 쭉 정신을 잃다가 이제야 깨어난 것이다.

이후 주변을 서성이며 이 성의 정체를 알게 됐지만, 배수지가 찾던 '무영'의 성인 것까지 알아냈지만 권왕이 눈으로 본 광경은 너무나도 위험했다.

무수한 아인종들.

온갖 괴물, 망령, 언데드마저 이곳에서 자리하고 있었다.

이는 인류에 반하는 형태다. 악마들조차도 받아들이기 힘든 형태였다.

이도저도 아닌 것은 곧 멸망하는 법.

그런고로 이곳은 위험하다.

한시라도 바삐 빠져나가야 한다.

배승민은 잠시 눈을 감았다.

위험하다. 맞는 말이다.

마왕 엔로스를 처치했으니 이제 곧 마신들과의 싸움에 본격적으로 휘말리게 될 것이었다.

그곳에선 무영조차 승리를 장담할 수 없다. 배승민도 자신의 조력이 어디까지 통할지 감조차 잡을 수 없었다.

그런 곳에 배수지를 데려갔다간 십중팔구는 죽을 터이다.

죽으면 다행이고 그보다 끔찍한 일을 당할 수도 있었다.

"너는 이 소녀와 무슨 관계지?"

"스승이다. 내가 그 아이를 가르쳤지."

권왕은 자신의 성격을 드러내지 않고 최대한 침착하게 답했다.

본 순간, 알아버린 것이다.

배승민과 자신 사이에 넘을 수 없는 '격'의 차이가 있다는 것을 말이다.

권왕쯤 되는 사람이라면 그 '격'이 무엇을 의미하는지 더욱 잘 알았다.

　솔직히…… 믿기지 않았다. 인정하기도 싫었다.

　이만한 강자가 이런 성에 속해 있다니. 인류 10강? 인류는 강자들을 대상으로 그러한 이름을 붙였지만 사실상 자기위안이나 다를 바가 없었다.

　진정한 강자들은 마신의 영역에 있다. 인간들이 안주한 땅이 아니라.

　그리고 그 강자들 중에서도 눈앞의 리치는…….

　또한 그렇다면 이 성의 주인인 '무영'은 도대체 어떠한 괴물이란 말인가.

　'한시라도 바삐 벗어나야 한다.'

　이곳은 블랙홀과 같았다.

　한 번 빠지면 헤어 나올 수 없다.

　그러기 전에 돌아가야 한다.

　만약 막는다면 목숨을 걸어서라도 배수지만큼은 탈출시킬 셈이었다. 그리고 눈앞의 리치는 왜인지 모르겠지만 배수지를 눈독들이고 있었다.

　배수지의 재능을 알아차려서 그런 것인지, 아니면 실험의 재료로 사용하려고 그러는 것인지는 모르겠지만 어느 쪽이라도 달갑진 않았다.

　권왕이 긴장했다. 싸우게 되면 리치는 순식간의 자신의 목숨을 앗아갈 것이다.

"······그러도록 해라."

하지만 허락은 생각보다 쉽게 이뤄졌다.

배승민이 몸을 돌렸다.

어쨌거나 배수지는 '생자'다. 살아 있는 사람들 속에서 섞여 사는 게 맞다. 자신처럼 죽은 자를 상기할 필요는 없다는 말이다.

실제로 권왕이 배수지를 바라보는 눈빛은 따듯했다. 수가 틀리면 배승민과 목숨을 걸고 맞서 싸울 준비도 되어 있었다. 이만한 사람을 쉽게 찾을 순 없다.

배승민은 그제야 겨우 방을 나설 수 있었다.

배수지를 위하는 사람이 있다면 그것을 안 것만으로도 충분하다.

'나는 그 아이에게 있어서 과거의 망령에 불과하다.'

한 치 앞을 모르는 마계다.

괜한 짐이 되고 싶진 않았다.

무영은 영지 바깥에 있었다. 자신의 '체질' 중 변화한 부분을 알아보기 위함이었다.

'괴물들을 끌어내는 체질이라.'

불완전한 불멸자가 되었기 때문일까. 무영이 영지를 나서는 즉시 괴물들이 주변으로 몰려들었다.

단지, 무영의 격을 느끼고 쉽게 다가오진 못하고 있었다.

'영지는 아수라의 신전에 영향을 받고 있지.'

아수라의 신전은 괴물들이 쉽게 침범하지 못하도록 하는 효과가 있었다.

더불어 무영의 영향력이 뿌리까지 박혀 있는 곳이라 그곳의 괴물들은 무영을 대할 때 이렇다 할 변화가 없었다.

하지만 외부의 괴물들에게 무영은 무엇보다 맛있는 음식이었다.

'본능을 자극하는 거로군.'

이성이 옅은 괴물일수록 무영에게 끌린다.

그리고 이성이 옅은 괴물 중 최고봉은 역시나 '천경'일 것이다.

마신의 영역을 디아블로로부터 지키는 괴물.

지금 상태의 무영도 천경은 쉽게 건드릴 수 없었다.

그리고 만약 천경이 범위 안으로 들어온다면 미친 듯이 무영을 탐하고자 달려들 것이었다.

'근접하지 않는 게 좋겠어.'

괜히 일을 만들 필요는 없었다.

어쨌거나 괴물들을 끌어들이는 체질이 되었다면 반대로 이를 이용할 방법을 찾아야 했다.

무영은 반신격을 얻으며 주변에 '공감'할 수 있는 능력 또한 얻었다.

괴물을 끌어들이고 공감하는 능력을 잘만 활용하면……
'매혹'하는 것조차 가능할 것 같았다.

'매혹이라.'

무영은 두 가지 능력을 섞어봤다.

맛있는 음식을 먹는 건 '사랑'의 감정과 닮았다고도 얘기하니까.

괴물을 끌어들이고 공감할 수 있으니 매혹은 더욱 쉬울 것이었다.

"따라라."

그리고 무영의 예상대로, 괴물들이 무영의 간단한 명령 따위를 듣기 시작했다. 공감 능력을 극대화하자 무영이 말하지 않아도 원하는 대로 움직일 수 있었다.

허!

무영도 그 광경에 코웃음을 치고 말았다.

언데드도 아닌 괴물들이 처음 보는 무영을 따르고 있는 것이다. 물론 모든 괴물에게 통용되는 건 아니었지만 어쨌든 효과가 있었다.

'모든 괴물의 왕이 아수라라고 하였던가.'

그렇다면 무영은 착실하게 아수라의 길을 밟고 있었다.

〈'매혹(특수)'이 개화되었습니다.〉
〈이성이 옅은 괴물들을 대상으로 매혹이 가능해집니다.〉

이 능력을 극대화시키면 굳이 언데드가 아니라도 군단을 부릴 수 있을 듯했다.

언데드로 만드는 건 마력이 들어가지만 그냥 조정하는 건 약간의 심력만 소모하면 됐으므로 뭐가 더 좋고 나쁘다 할 수는 없었다.

무엇보다 임시방편으로 사용할 수 있다는 게 가장 컸다.

－준비가 완료되었습니다.

그때였다.

배승민에게 연락이 왔다.

'마음을 정리한 모양이군.'

무영은 배승민에게 모든 선택권을 맡겼다.

배수지와 함께하거나, 함께하지 않거나.

그 선택이 완료되거든 채비를 갖추라고 하였다.

'그레모리'를 만나러 가는 채비 말이다.

'때가 됐다.'

무영은 다시금 영지로 발길을 돌렸다.

앞으로는 눈코 뜰 새 없이 바빠질 것이었다.

"파이몬! 아직도 반대파를 숙청하지 못한 것이냐?"

반인반수.

상반신은 코끼리의 모양을 하고 하반신은 인간의 모양을 한 존재가 여섯 장의 날개를 펄럭이며 날아왔다.

그의 밑에는 족히 백만이 넘는 악마가 부복하여 있었다.

그리고 반인반수에게 말을 건네진 9좌의 마신, 파이몬은 검은색 갑옷을 걸친 그림자와 같은 모습으로 입을 열었다.

"부네."

"바알께선 이 일이 하루라도 빠르게 성사되기를 바라고 있다."

"기다려라. 그레모리는 결코 쉬운 적이 아니다."

"하우레스가 그년의 뒤꼬리를 잡지 않았던가? 그대로 당기기만 하면 되는 걸로 아는데?"

"그 하우레스는 디아블로에게 죽었다. 이는 단순한 우연이 아니다."

26좌의 마신, 부네가 이죽거렸다.

"겁쟁이로군."

"모든 비밀을 파헤치는 게 나의 역할이다. 하우레스가 정말 디아블로의 '불꽃'에 죽었다고 보는 것은 아니겠지."

"그게 사실 아니었던가?"

파이몬은 고개를 저었다.

"하우레스를 죽이려거든 또 다른 조건이 필요하다. 단순한 '불'만 가지고 그를 죽일 순 없다."

마신은 저마다 죽음으로 가는 '조건'을 가지고 있었다.

예컨대 바알을 상대하려면 '모든 마신의 죽음'이 필요한 것과 마찬가지다.

그리고 하우레스는 두 가지 조건을 가지고 있었다.

하나는 더욱 순수한 '맞불' 그리고 또 하나는⋯⋯.

"하지만 하우레스의 또 다른 조건은 알려진 바가 없을 텐데?"

"배신."

"뭐?"

"또 다른 조건은 배신이다. 아마도 그레모리가 한 짓일 테지."

불은 홀로 타오를 수 없다.

항상 다른 것을 태우며 타오른다.

태울 게 사라지면 없어지게 되어 있었다.

가장 유력한 후보자는 그레모리였다. 유일한 여성체의 마신. 그녀가 가진 힘이라면 하우레스의 휘하 악마들을 배신토록 만들 수 있었다.

하지만 부네는 파이몬이 마음에 들지 않았다.

"반대파의 절반은 숙청이 된 상태다. 그레모리, 그년만 잡으면 이 일도 끝난다. 왜 시간을 끄는 거냐? 위치마저 특정

되었다면 그냥 잡아들이면 되는 일 아닌가."

"알 수 없는 개입이 있다. 디아블로만이 아닌, 다른 강한 존재가 개입해 있다. 알아내기 전까지 쉽게 움직일 수 없다."

파이몬은 신중했다.

그 신중함을 바알은 높게 사지만 다른 마신들은 오히려 답답함을 느낄 뿐이었다.

"흥! 그렇다면 지켜나 보고 있어라. 바알께서 파이몬, 그대 외에 다른 이를 함께 투입하셨으니."

"다른……? 누구지?"

"레라지에!"

부네가 자신 있게 말했다.

14좌, 전쟁과 경쟁의 마신, 레라지에라.

확실히 이 전쟁을 끝맺음 하는 데 가장 적합한 존재라 아니할 수 없었다.

레라지에가 나선다면 더 이상 파이몬이 설칠 자리는 존재하지 않는다. 부네는 그렇게 보았다.

제3자의 개입?

레라지에라면 그조차도 다 부숴 버릴 터였다.

"방해는 용납할 수 없다, 파이몬."

이어 부네가 으름장을 놓았다.

파이몬은 몸을 돌려 날개를 펼쳤다.

"나는 그저 비밀을 파헤칠 뿐이다."

엔로스.

과거 마왕이었으나 지금은 무영에 의해 언데드가 된 악마.

아몬의 부하답게 수많은 마법을 구사할 줄 알았고 그만큼 마력의 양도 방대했다.

'샤르-샤쟈르는 루즈벨과 함께 결계 속에서 폭사했지.'

최초 언데드로 만든 마왕은 샤르-샤쟈르였으나 루즈벨과의 전투에서 함께 폭사하고 말았다.

하지만 엔로스는 그들 모두의 위에 있던 존재다.

무영은 엔로스의 '쓰임'에 대해 고민하지 않을 수 없었다.

"현재 마신들의 흐름을 알고 있는 대로 말해보아라."

언데드가 되면 필수적으로 신체에 손상을 입는다. 무영이 '알스 노바'의 기도문을 통해 원래대로 되돌렸다지만, 기억에 결함이 있을 수 있었다.

그래도 엔로스다. 마신들의 전쟁에 관해서도 보다 많은 것을 알고 있을 것이었다.

정보는 힘이고 무영은 보다 신중했다.

엔로스가 죽은 눈을 하고서 고개를 돌렸다.

"마계는 악마들의 것…… 반대파의 숙청이 절반 이상 이행……."

마계에 온전히 악마만을 남기겠다는 미친 작당들을 말한다. 다른 생명체를 모두 말살하겠다는 뜻이고, 그에 반대하는 이들을 '반대파'라 칭하고 있었다.

"남아 있는 반대파는 모두 몇이지?"

"다섯. 무르무르, 그레모리, 포르네우스, 시트리, 아스모다이."

애당초 반대파가 질 수밖에 없는 이유가 여기에 있었다.

숫자가 압도적으로 적다. '반대'하는 마신들도 본래 10명 남짓이었다는 뜻이다.

그 숫자로 수십 년 이상을 버티고 있으니, 그 재간이 대단하다 할 수 있지만 전황은 빠르게 바뀌고 있었다.

가속화.

이대로 몇 년 만 지나도 반대파의 씨가 마를 것이었다.

그때였다. 엔로스가 이어서 말했다.

"54좌, '무르무르'와 접선에 성공…… 남은 반대파의 '조건'을 알아냈다. 하지만 알 수 없는 '개입'과 디아블로의 움직임에 의해 시간이 지연……."

말이 뚝뚝 끊겼다.

신체는 수복했지만 기억을 온전히 수복하지 못했기 때문이다.

하지만 제법 귀에 들어오는 것들이 있었다.

"조건? 조건이란 게 마신들의 '소멸 조건'을 말하는 건가?"

"그렇다. 그레모리, 포르네우스, 시트리, 아스모다이의 조건을 '무르무르'에게 들었다."

"조건은 뭐지?"

"……."

엔로스가 입을 닫았다.

몰라서다. 아무리 최강의 마왕이라 하더라도 마신의 '소멸 조건'은 기밀 중의 기밀. 들려줄 리가 만무했다.

'정보가 부족하군.'

이후 몇 가지를 더 물어봤지만 엔로스가 알고 있는 건 생각보다 적었다.

마왕과 마신의 확실한 선을 여기서 느낄 수 있었다.

마신에 대해 잘 알고 있는 자가 필요했다.

하지만 마신에 대해 아는 자는 마신뿐이 없었다.

그리고 무영이 그나마 접선할 수 있는 마신은 '그레모리'뿐이었다.

하지만 그레모리에게 다가간다는 건 본격적으로 싸움에 들어간다는 걸 의미했다.

들어가면 더는 정보 같은 걸 수집할 여력이 없다. 그저 풍파에 휩쓸리는 대로 움직이게 될 것이었다.

정보……. 정보가 더 필요했다.

그 순간, 무영의 뇌리에 지나가는 한 존재가 있었다.

"단탈리안, 그에 대해 알고 있는 대로 말해보아라."

이 질문에 엔로스는 거침없이 답했다.

"변절자. 괴짜. '모퉁이'의 존재."

생각보다 심한 악담이 튀어나왔다.

그나저나 모퉁이의 존재라.

'아웃사이더라는 말이군.'

하기야 단탈리안이 누군가와 함께 움직인다는 말은 들어 본 적이 없었다.

무영이 접할 수 있고 다가가기 가장 쉬운 마신이 단탈리안 이라는 소리다. 그리고 무영은 단탈리안에게 다가가도록 도 와줄 수 있는 이를 하나 알았다.

"배승민!"

무영이 영주실에서 짧게 소리치자 바닥에 원이 검은색 원 이 생기며 더욱 강력해진 배승민이 튀어나왔다.

"부르셨습니까."

무영은 지체 없이 말했다.

"아줄, 그를 불러라. 협조하지 않는다면 억지로라도 내 앞 에 꿇리도록."

아줄!

본래는 단탈리안의 권속이었던 마왕.

무영이 '천경'을 넘도록 도와줬지만 엔로스와의 전쟁이 있 다는 걸 알고 내빼기도 하였다.

그라면 단탈리안의 소재도 알고 있을 것이다.

배승민이 잠시 고민하더니 고개를 숙였다.

"이틀이면 충분합니다."

"빠르면 빠를수록 좋다."

"하온데, 이유를 알아도 되겠습니까?"

배승민도 짐짓 궁금한 모양이었다.

무영은 별거 아니라는 듯이 답했다.

"단탈리안을 만날 것이다."

"71좌의 마신 말입니까? 하지만 그는 위험한 자입니다."

단탈리안. 그는 무력보다 진실 섞인 거짓말로 유명하다. 그에게 당한 피해자는 셀 수가 없을 지경이었다.

당장 한때 바다를 지배했던 '멀더던'도 단탈리안에게 속아서 육체를 잃지 않았던가.

하지만 무영에게 그런 술수는 통하지 않았다.

공감하는 능력과, 무영이 본래 가진 거짓을 분별하는 능력이 합쳐지면 사실상 단탈리안의 천적은 무영이라 봐도 무방했다.

뿐만인가.

무영에겐 가브리엘의 힘도 있었다.

"나는 그에게 현혹되지 않는다."

"……알겠습니다. 최대한 빨리 아줄을 잡아오도록 하겠습니다."

무영이 하는 말이다.

무영은 자신이 없으면 아예 말을 하지 않는다.

그가 단언했다는 건 그만한 자신이 있다는 뜻이었다.

거짓의 귀재 단탈리안마저 이겨낼 자신이 말이다.

배승민이 다시 그림자 속에 몸을 숨겼다.

'단탈리안.'

무영은 턱을 쓸었다.

그는 많은 걸 알고 있다.

어쩌면 이 세계의 진실조차 알고 있을지 몰랐다.

지구가 멸망했다는 걸 알고 있었으니, 솔로몬에 대해서도 알지 않을는지.

확인하려면 그를 만날 필요가 있었다.

그리고 비협조적이라면…….

'마신도 언데드로 만들 수 있을지 궁금하군.'

무영은 어깨를 으쓱했다.

"빌어먹을!"

아줄이 무영을 보고 첫 마디로 던진 말이다.

배승민은 이틀을 약속했지만 이틀이 채 걸리지 않았다.

고작 반나절이 조금 지났을 뿐인데 아줄은 무영의 앞에 있었다.

늦은 저녁이었으나 원통하기 짝이 없는 아줄의 표정이 일품이었다.

"샤르-샤쟈르의 공격을 받고도 용케 죽지 않았구나! 하지만 나를 잡는다고 내가 뭐라도 말할 줄 아느냐!"

아줄이 발악했지만 그는 꿈쩍도 할 수 없었다. 배승민의 마력이 그의 전신을 옭아매고 있었기 때문이다.

"샤르-샤쟈르 따위가 나를 어찌할 수 있을 것 같은가?"

무영은 피식 웃었다.

그러자 아줄이 뭐 씹은 표정을 지어 보였다.

"샤르-샤쟈르를 이긴 거냐? 그럼 더 큰일이다. 네놈은 엔로스의 공격을 받게 될 것이다. 철의 마왕 엔로스! 루즈벨과 프레이다가 승냥이처럼 달려들겠지. 네놈이 죽을 곳에 나를 함께 둘 생각이 아니라면 당장⋯⋯!"

아줄은 무영이 모든 전쟁에서 승리했음을 모르는 모양이었다.

하기야 아줄이 도망간 시점은 샤르-샤쟈르의 이야기를 듣고 나서이니, 그 이후의 진행에 관해선 무지할 수도 있겠다.

탁!

무영이 손뼉을 쳤다.

그러자 무영의 등 뒤로 엔로스가 솟아올랐다.

"⋯⋯뭐, 뭐냐! 저자가 왜 네놈과 함께 있는 것이냐!"

아줄이 기겁했다.

샤르-샤쟈르, 루즈벨, 프레이다.

모두 이름 있는 마왕이지만 그들의 주인은 엔로스다.

엔로스의 명성은 하늘을 찌른다. 적어도 마왕들끼린 엔로스를 공경하고 경외하며 두려워하는 편이었다.

아줄 역시 마왕이다. 엔로스의 공포를 모를 리 없었다.

"엔로스는 내 휘하로 들어오기로 하였다."

무영은 천연덕스럽게 말했다.

아줄의 눈이 더할 나위 없이 커졌다.

전신을 오들오들 떨었다.

말도 안 되는 일이 눈앞에서 일어난 것이다.

"이런…… 미친……."

"다음 이야기를 하지. 넌 '거래'를 한다고 했다. 나는 그 '거래'에 응할 준비가 되어 있다."

무영은 배승민에게 눈길을 돌렸다.

그러자 배승민이 마력의 포박을 풀었다.

곧 아줄의 신체가 자유로워졌지만 아줄은 꼼짝도 못했다.

엔로스의 눈이 닿자 도리어 겁을 먹었다.

'역시 엔로스를 두려워한 모양이군.'

아줄도 마왕이다. 샤르-샤쟈르의 침공이 있다고 도망갈 리 없다. 하지만 엔로스라면 이야기가 다르다.

애당초 아줄은 샤르-샤쟈르의 뒤에 엔로스가 있다는 걸 알고 도망간 것이다.

아줄이 눈을 꾹 감고는 말했다.

"거래? 날 이 미친 자리에서 벗어나게 해준다면 네가 바라는 걸 한 가지는 들어주겠다. 어디까지나 내가 할 수 있는 범위에서 말이다."

"그렇다면 이야기가 쉽겠군."

무영은 아줄의 앞으로 다가갔다. 이어 아줄의 턱을 잡고 아줄의 눈을 똑바로 바라봤다.

"단탈리안, 그는 어디 있지?"

그제야 아줄의 표정이 다시금 변했다.

여전히 두려움에 떨었지만, 다소 당황하는 듯했다.

무영이 왜 단탈리안을 찾는지 의문일 것이었으니 당연한 반응이었다.

"단탈리안은 왜 찾지? 아니, 이유를 안다고 해도 나는 모른다. 그에게서 벗어난 지 벌써 수십 년이 지났다. 그 지긋지긋한 놈의 소재를 내가 파악하고 있을 리 없지 않은가?"

'거짓.'

무영은 내심 웃었다.

아줄은 거짓말을 하고 있었다. 나름 평정심으로 말하고 있었으나 무영을 속일 순 없다.

'그래도 일말의 존경심은 남은 모양이군.'

아줄은 본래 단탈리안의 휘하에 있었다.

벗어난 지 시간이 오래 지났다고 하더라도 나름의 존경은 담고 있었던 듯싶다.

"엔로스가 어떻게 내 휘하로 들어왔는지 아나?"

"말하지 마라. 알고 싶지도 않으니까!"

아줄은 무영에게서 굉장히 위험한 냄새를 맡았다.

처음 만났을 땐 이 정도는 아니었는데 지금은 코가 마비될

지경이었다. 이런 자와는 엮여선 안 된다. 엮이는 순간 파멸할 것이었다.

무영은 아줄을 무시하고 입을 열었다.

"마왕도 언데드로 만들 수가 있더군."

"……!"

아줄이 다시금 엔로스를 바라봤다.

그러고 보니 행동이 정상적이지 않았다.

부자연스러운 움직임. 설마 마왕을 언데드로 만드는 미친 놈이 있을 줄이야!

하물며 그 언데드가 된 게 엔로스라니.

"아몬이, 아몬이 분노할 것이다. 넌…… 그 분노를 감당하지 못한다. 어느 마신의 휘하에 있다고 하더라도 그 누구도 너를 지켜주지 않을 것이다."

아줄이 달달 떨었다. 이빨마저 떨렸다.

아줄은 무영이 자신과 같은 마왕인 줄 알고 있었다.

하나.

"나는 누구의 밑에도 있지 않다. 또한, 나는 아몬을 두려워하지 않는다."

근본적으로 무영은 마왕이 아니었다.

설혹 마왕이라 할지라도 누군가의 도움을 받아 위기를 모면하려는 생각은 추호도 없었다.

아줄이 무영을 바라봤다.

어느 마신도 주인도 두고 있지 않다면, 이놈을 뭐란 말인가.

5좌의 마신, 마법의 진정한 전능자인 아몬을 두려워하지 않는다고?

그와 대등한 마신이라도 된다는 소리일까?

하지만 한 가지 확실한 건 말하지 않아도 말하게 될 것이란 것이었다.

엔로스마저 언데드로 만들었다면 자신이라고 그러지 못할 이유가 없으므로.

무영이 아줄의 머리를 붙잡았다.

"내가 일말의 자비를 보이고 있는 건 그래도 너와 한 번 '거래'를 했던 사이이기 때문이다. 아줄, 너는 굉장히 유용한 말이지. 적어도 '거래'를 함에 있어선 믿을 수 있는 존재라는 걸 알았다. 그러니…… 웬만하면 응했으면 좋겠군."

진정한 악마의 유혹이었다.

'빌어먹을!'

아줄은 늪에 빠지는 기분을 받았다.

깊고, 또 깊은 늪. 결코 빠져나올 수 없는 그런 늪!

아줄의 어깨가 푹 처졌다.

빛이 잘 드는 도시였다.

가장 신성한 종족이라 칭해지는 엘프들이 모여 있었으며, 그 규모가 어지간한 대도시에 못지않았다.

그 숫자가 족히 50만은 될까.

하늘까지 닿은 석조 건물, 광명의 뜻을 전하는 까마귀의 식상이 곳곳에 놓여 있었다.

하지만 가장 많은 건 염소의 얼굴을 한 악마상이다.

아이러니할 수밖에 없었다. 엘프. 달의 뜻을 따르는 그들은 결코 '악'과는 거리가 멀다.

하지만 그들은 일반적인 엘프가 아니었다.

다크엘프!

태생부터가 어둠에 휩싸여 있는 그들은 '악'에 빠지기 쉬웠다.

그리고 지금…… 다크엘프 50만이 살아가는 이 도시를 수호하는 수호자는, 검은색 염소의 탈을 쓴 채 가장 높은 건물 위에서 향락을 즐기는 중이었다.

"하아아아."

"하아아아아아."

거대한 욕조 안에는 수십의 미녀가 모여 있었다.

욕조 주변에선 각종 미약의 향이 가득했다. 그녀들은 전라로 이성을 잃은 채 염소의 탈을 쓴 남자를 마구 탐하는 중이었다.

"우리의 신성이시여."

"아아아!"

그는 이 도시의 유일신이었다.

모든 걸 가질 수 있는 전지전능한 신!

다크엘프들은 이 염소의 탈을 쓴 남자를 주인으로 여겼다.

남자가 손을 활짝 펼치자 다크엘프의 미녀들이 앙탈을 부리며 모여들었다.

덜컥!

그때, 문이 열렸다.

척 보기에도 강력한 마법이 걸려 있는 무장을 한 병사들이 아무렇지도 않은 듯 그들의 주인에게로 다가갔다.

"저희 '마법'을 뚫고 대규모의 외부자들이 침입했습니다."

염소탈을 쓴 남자가 고개를 돌렸다.

"오크더냐?"

최근 이 주변에선 오크가 기성을 부리고 있었다.

신의 부름을 받은 오크 로드가 나타났기 때문이다.

오크의 신, 투사의 자격을 지닌 오크로드는 수많은 오크 부족을 통합하여 주변의 모든 걸 집어삼키는 중이었다.

몇 번이나 이곳도 뚫릴 뻔했지만, 강력한 십만의 병사와 염소탈을 쓴 전능한 주인에 의해 번번이 막혔다.

"오크가 아닙니다. 도깨비, 망자와 망령들, 엘프와 드워프, 인간⋯⋯. 무언가의 연합 같았습니다."

염소탈의 남자가 잠시 침묵했다.

"연합, 연합이라……."

각종 이종족의 연합이 아예 없던 것은 아니다.

용의 공격, 혹은 무언가로부터의 위협이 있을 때, 그들은 서로 뭉치곤 하였다.

하지만 망자와 망령들?

하물며 인간이라니.

"그들이 이곳을 향해 진격하고 있습니다."

병사 하나가 다급히 말했다.

염소탈을 쓴 남자는 잠시 턱을 쓸다가, 자신의 손톱 하나를 뽑았다.

툭!

소리와 함께 피가 흘렀으나, 염소탈을 쓴 남자는 아무렇지도 않은 듯 자신의 손톱을 병사에게 넘겼다.

"내 손톱을 '두 개의 산' 중심에 걸어놓아라. 망령과 망자들이 통과할 수 없을 것이다."

"알겠습니다."

"그리고 그들의 주인을 붙잡아 내게 끌고 오도록. 흥미가 있구나."

염소탈을 쓴 남자가 몸을 돌렸다.

이어, 다시금 향락에 빠졌다.

"하아아아아!"

미녀의 여인들이 신음에 찬 소리를 내뱉었다.

그 미녀 대부분이 병사들의 아내, 혹은 딸이라는 걸 감안하면 놀라운 행태라 아니할 수 없었다.

그럼에도 병사들은 한 치의 요동 없이, 조용히 방을 나섰다.

이곳은 신에게 허락받은 장소.

다크엘프의 여인들은 축복받고 있었다.

"그는 현재 '연기'를 하고 있을 것이다."

아줄의 어깨는 바닥에 닿을 듯했다. 모든 걸 포기한 자세로 자신이 아는 걸 말하고 있었다.

물론 정보를 전달할 뿐, 무영을 돕겠다는 의식은 없는 것 같았지만 말이다.

"연기?"

무영이 묻자 아줄이 답했다.

"나도 정확히는 모른다. 어느 것으로 둔갑…… '연기'를 하고 있을지. 다만, 이 주변에 있는 것만은 확실하다."

무영은 아줄을 바라봤다.

'거짓말은 아니군.'

위치는 특정하되 아줄도 정확히 모르는 듯싶었다.

하여간, 아줄의 말이 사실이라면 단탈리안은 이곳 주변에서 무언가로 둔갑을 하고 있을 가능성이 높았다.

"그는 장난기가 많지. 하지만 일반적인 장난과는 거리가 멀다. 한 번씩 그렇게 연기를 시작하면 그 자신도 자신의 존재를 잊어버리기 일쑤니까."

"그럼 그 대상이 죽어야 단탈리안이 나타난다는 뜻인가?"

"그렇다. 대상이 죽으면 그의 연기도 끝이 난다. 허물을 벗고 원래의 모습으로 되돌아 가는 것이다. 하나."

아줄이 이어서 말했다.

"그는 결코 평범한 것을 연기하지 않는다. 또한, 그냥 죽이기만 해선 안 된다. 그의 '역할'을 확실하게 깨부숴야만 그를 확인할 수 있다. 그는 마신들 중에서도 가장 육신으로부터 자유로운 마신이니까."

무영은 잠시 눈을 감았다.

확실히, 단탈리안은 평범한 마신은 아니었다. 어째서 '변절자'라 불리는 지도 알 것 같았다. 남을 흉내 내고, 속이고, 육체를 갈아타는 게 그의 주특기이니 그럴 만도 했다.

요컨대 이 주변의 생명이란 생명은 모두 씨를 말려야 한다는 뜻이다.

그래야 단탈리안을 찾을 수 있다고 하니.

하지만 이 주변엔 특히 생명체가 많았다.

'두 개의 산. 이곳은 다크엘프들의 성지다.'

그리고 무영의 기억 속에도 남아 있는 곳이었다.

대격변 이후 마신군에 합류한 종족 중 하나가 다크엘프였기 때문이다.

마신들은 자신을 제외한 모든 종족을 제거할 생각이지만,

그 사상을 알고 있는데도 붙은 종족이 많았다.

마신들의 승리는 확정적이었고 만에 하나 돕는다면 '자신의 종족의 삶'은 보전해 줄 거란 막연한 기대감에서였다.

그들의 생존을 마신들을 약속하지 않았음에도 말이다.

그야말로 멍청하고 어리석은 추태.

극한까지 몰리면 이성이 있는 존재는 스스로를 자기합리화 시키는 경우가 많은 것 같았다.

이는 인간도, 엘프도, 그 외의 모든 종족들이 마찬가지로 지니고 있는 속성이었다.

"주인님, 산에 묘한 기운이 서려 있습니다."

배승민이 잠시 앞으로 나섰다.

산에서 흐르는 마력이 갑자기 바뀐 탓이다.

아니, 마력이라 하기도 애매하다.

이것은 신성력과 닮았다.

그것도 굉장한 신성력이었다.

"성유물……."

성유물이란 악을 쫓는 근원적인 힘이 담긴 물건을 말함이다.

한마디로 '신의 힘'이 깃든 물건이었다.

당연히 언데드와 망자들에게 영향이 없을 수 없었다.

끄으으으으!

아아아아!

그들은 괴로워했다. 고통을 느낄 리 없음에도 아픈 것처럼 행동했다.

성유물의 힘이 혼을 태우고 있는 것이다.

배승민이 말했다.

"누군가가 저희를 달갑지 않아 하는 것 같군요."

스슥.

스스슥.

동시에 주변으로 수많은 이의 움직임이 느껴졌다.

'다크엘프.'

산 아래까지 깔린 걸 합치면 이만은 될까.

하지만 무영은 쓴웃음을 짓고 말았다. 이곳은 다크엘프의 성지이고, 결과적으로 마신들과 합류한 배반자들이 있는 곳이었다.

무영이 이곳에 당도한 게 우연인 것 같지는 않았다.

단탈리안이 이 일의 원흉이라면, 왜 시답잖은 흉내 따위를 내고 있는 걸까?

무영은 손을 뻗었다.

성유물은 '특수한 힘'을 내포한 물건이다. 그 물건에서 흘러나오는 힘을 추적하면 흩트리는 것쯤은 간단하다.

누가 뭐라 해도, 무영 역시 반신격을 지니고 있으니 말이다. 반일지언정 그 절반은 진정한 신격이었다.

고작 신의 힘을 흉내 낸 물건 따위가 진짜 신격에 대항할 순 없는 노릇.

콰득!

무영이 주먹을 쥐자 그러한 소리와 함께, 성유물의 힘이 사라졌다.

동시에 숨어 있던 다크엘프들의 모습이 드러났고, 망자와 언데드들도 더 이상 고통스러워하지 않았다.

"정리하라."

무영은 짧게 말했다.

염소탈을 쓴 남자가 지평선 너머를 바라봤다.

불길이 치솟고 있었다.

자신의 힘이 부서진 것 역시 확인할 수 있었다.

"유일신이시여! 저희의 부대가 전멸했다고 합니다."

"성유물의 힘도 그들에겐 통하지 않습니다."

"부디 저희에게 길을 알려주시옵소서."

병사들을 이끄는 기사들이 무릎을 꿇었다. 이마를 바닥에 대고, 염소탈을 쓴 남자의 발치에 입을 맞췄다.

그러자 염소탈을 쓴 남자가 손을 뻗어 태양을 가리켰다.

"태양이 지면 달이 뜬다. 우리는 달의 어둠을 사용할 것이다."

아인이 몸서리를 쳤다.

"끔찍하군요."

그녀는 하이엘프였다. 엘프들 중에서도 가장 축복받은 존재.

악과는 거리가 멀었기에 마이너스적인 요소로부터 굉장히 민감하게 반응했다.

용케 무영을 따라다닌다고 할 수 있지만, 이번에도 마찬가지였다.

그녀는 다크엘프의 도시로 다가갈수록 몸을 떨어댔다.

"뭐가 끔찍하지?"

무영이 묻자 아인은 이를 갈았다.

"저들의 타락, 저들의 저주가 지닌 힘이 끔찍해요. 설마 이렇게 많은 다크엘프들이 모여 있을 수 있다니……."

아인은 고개를 들었다. 조금씩 태양이 저물어 갈수록 하늘은 더욱 까맣게 물들고 있었다.

"엘프는 달의 빛을 숭상하지만, 다크엘프는 달이 떴을 때의 어둠을 숭상해요. 달이 뜨면 그들은 더욱 강력한 힘으로 저희들을 공격할 거예요."

"그렇다면 어둠이 오지 않게 하면 되겠군."

"……그게 가능한 일인가요?"

어차피 이곳은 지나가는 곳이었다. 이곳에서 괜히 피해를 늘릴 순 없었다.

무영의 목표는 어디까지나 단탈리안을 찾는 것. 그리하여 그에게 몇 가지 질문을 던지는 것이었기에.

무영이 날개를 펼쳤다. 그러자 하늘에서 붉은 별이 빛나기 시작했다.

순수의 별!

절대자의 별에서 한 단계 강력해진 그 힘이, 무영의 신격과 맞물려 예전보다 더욱 환하게 빛나기 시작한 것이다.

그러자 모든 어둠이 걷혔다.

태양이 지고 달이 떴음에도, 세상은 붉을지언정 어둡지 않았다.

염소탈을 쓴 남자가 하늘을 바라봤다.

"별. 별의 주인이로구나. 그것도 평범한 별이 아니다."

저처럼 환하게 빛을 밝히는 별은 본 적이 없었다.

염소탈을 쓴 남자의 수가 번번이 막히고 있었다. 이런 적은 처음이었다.

이윽고 염소탈을 쓴 남자가 기사들을 모았다.

"검은 염소 100마리를 준비해라. 진정한 신의 권능을 보여 줄 것이다."

검은 염소로 말미암아 '사신'이 소환됐다.

사신은 말 그대로의 사신이다. 정해진 대상을 죽일 수 있다. 설령 그자가 죽은 자라고 할지라도 죽일 수 있는 게 진짜 사신이었다.

혼을 가르고, 생을 떼어내 완전히 소멸시키는 게 사신의 역할이다.

이 수법은 많은 신력을 소모하기 때문에 남자도 잘 사용하지 않는다. 오크들이 번번하게 쳐들어올 때에도 싸웠을지언정 이 수는 사용하지 않았다.

"저주받은 것들의 주인을 죽여라."

사신은 거대한 그림자의 형태였다.

염소탈을 쓴 남자가 의식과 함께 되뇌자, 곧 주변 땅이 흔들리기 시작했다.

그아아아아아아!

하지만 이내 사신이 괴로워하기 시작했다.

들고 있던 낫을 떨어뜨리고, 조금씩 옅어지더니 이내 사라졌다.

"사신이 죽이지 못하는 대상이라고?"

어이가 없었다. 염소탈의 남자는 헛웃음을 흘릴 수밖에 없었다.

사신이 죽이지 못하는 존재는 진정한 '신격'을 지닌 대상밖에 없다.

혹은 스스로의 격을 극한까지 끌어올려 신격 비슷한 힘을 가진 초월체들이나.

한마디로, 지금 다가오는 존재는 그러한 상대란 뜻이었다.

무영은 끝내 도시까지 당도했다.

그사이, 누구도 무영을 막을 수 없었다.

모든 수가 파훼됐다.

50만 다크엘프에게 신이라 추앙받은 남자도 무영을 막을 수 없었다.

여태껏 수많은 일로부터 그의 이적들이 발휘됐지만, 이처럼 처참하게 깨어진 적은 이번이 처음이었다.

하늘까지 닿은 건물 위에서 검은양의 탈을 쓴 남자가 쓰게 내뱉었다.

"……대체 저자, 누구란 말이냐?"

무영도 다소 놀라는 중이었다.

무언가가 계속 무영을 건드리고 있었다. 보이지 않는 곳에서, 무영의 혼 따위를 갈취하려 하고 있었다.

이런 경험은 처음이었다.

만약 무영의 격이 조금만 낮았더라도 큰 위험을 당할 뻔했다.

'이 정도의 실력 있는 저주술사는 처음 겪는군.'

상대는 신이 아니다. 그렇다고 신격을 지닌 존재도 아니다.

다만, 스스로가 경지에 이른 저주술사일 따름이었다.

가짜 성유물을 만들어낼 정도로, 그야말로 지고한 경지에 다다른 자 말이다.

그런 실력의 저주술사가 다크엘프들을 이끌고 있었다.

무영은 아주 높은 확률로 그 저주술사가 '단탈리안'일 것이라 생각했다. 아니라면 이만한 저주술사가 갑자기 땅에서 솟아날 리 없었다.

무영은 대도시의 입구를 바라봤다. 입구엔 아무도 없었다. 하지만 강력한 '결계'가 쳐져 있었다. 아마도 도시를 지키는 최후의 보루일 것이었다.

'쉽지 않겠군.'

다른 것들과 달리, 대도시를 지키는 결계는 한 번에 해제할 수 있는 종류의 것이 아니었다.

머리가 아주 좋은 자였다.

설령 아무리 강력한 존재가 찾아오더라도 이 결계의 해제를 위해선 족히 삼일밤낮은 걸릴 것이었기에.

하지만 또한 결계는 특정 '격'을 지닌 존재라면 쉬이 들어올 수 있도록 설계가 되어 있었다.

"여기서 대기하라."

결계의 해주를 위한 삼 일은 너무 길다.

"제가 함께하겠습니다."

배승민이 무영의 뒤를 따랐다.

무영도 제지하진 않았다. 배승민 정도의 격을 지닌 존재라면 결계를 넘는 것 자체는 어려운 일이 아니었다.

아마도…… 이 결계는 그런 용도일 것이다.

무영과 같은 존재가 안으로 들어오거든 벌 떼처럼 공격해서 말살시키기 위한 도구.

지릿!

결계를 넘은 순간 풍경이 변했다.

높은 거탑이 즐비하며 온갖 거대한 석상이 주변을 맴돌았다. 그리고 완전무장을 한 다크엘프들이 무영과 배승민의 주변을 둘러싸고 있었다.

"환영식치고는 거창하군."

하나 다크엘프들은 쉽게 다가오지 못했다.

산에서의 전멸을 기억하고 있기 때문일까.

아니면 무영의 등 뒤에 있는 여섯 장의 날개를 보고 그런 것일까.

하지만 무영의 시야에 다크엘프들은 들어오지 않았다. 무영이 노리는 건 오로지 하나였다.

가장 높은 탑의 위에서 이곳을 내려다보고 있는 염소탈의 남자!

"네가 잡병들을 맡아라."

"예."

배승민이 지팡이를 들어 올렸다.

펄럭!

무영이 날개를 펼쳤다. 신격을 얻기 전이었다면 이런 무모한 도전 따윈 해보지도 못했을 것이다.

하지만 작금에 이르러 무영은 몇 번의 탈피를 거듭했다.

과거와는 비교도 안 되는 힘을 손에 넣었고 그 힘에 휘둘리지 않는 정신도 완성되어 있었다.

지금까지 겪은 모든 시련, 모든 과정들은 무영의 혼을, 그릇을 완성시키기 위한 일이었다. 어떤 것 하나 필요하지 않은 게 없었다.

그러한 필수 과정들을 거쳐 무영은 서서히 완성되어 가는 중이었다.

'나는 경계다.'

불멸자도, 필멸자도 아닌, 그 중간 경계에 선 자.

그렇기에 누구보다 넓게 볼 수 있다. 그렇기에 모든 변화를 받아들일 수 있었다.

무영은 고개를 올렸다.

후와아아아앙!

날개를 펼쳤다.

화염으로 이글거리는 여섯 장의 날개가 더욱 넓게 퍼져 나갔다.

그리고…… 무영은 사뿐히 뛰어올랐다.

염소탈을 쓴 남자가 서 있었다.

보는 즉시 알 수 있었다.

거짓된 신격, 신앙, 그따위 것들이 뒤섞인 혼돈의 존재라고.

"네놈은 누구냐? 어찌 신의 힘을 부정할 수 있단 말인가!"

확실히 대단한 분장이다. 아니, 연기라고 해야 할까.

자기 자신조차 누구인지 잊어버릴 정도의 열연!

하지만 무영의 눈은 속일 수 없다.

처음은 멀더던이었다. 단탈리안에게 속아서 육신을 잃었다.

이후 드문드문 단탈리안의 악업을 보아왔다. 그에게 속은 자는 모든 걸 잃는다.

하나, 무영은 달랐다.

"단탈리안, 연기는 집어치워라."

껍질 안의 존재가 단탈리안임을 알아봤다.

그가 아니라면 주변 모든 생명체를 말살해서라도 찾아낼 생각이었지만 다행히 그럴 필요는 없을 듯했다.

"무슨 소리냐! 내게 혼란을 줄 생각이라면 집어치워라. 너희는 초대받지 않은 손님이니."

역시 말로는 안 되는 걸까?

아줄은 말했다. 죽이면 나타날 것이라고.

육신의 탈을 벗으면 단탈리안의 존재가 드러날 것이라고!

스릉.

무영은 비탄을 뽑았다.

말이 안 되면 행동으로 보여줄 수밖에 없다.

무영은 그다지 너그러운 존재가 아니었다.

냉혈하고, 필요에 따라선 두꺼운 가면도 쓸 수 있는.

신격을 얻으며 '공감'하는 능력이 생겼대도 그 성격에 변함은 없었다.

"침입자에겐 신의 철퇴를."

염소탈을 쓴 남자가 비수를 들더니 자신의 목을 찔렀다.

콰아아악!

피가 분수처럼 쏟아지며 그 피가 주변에 마법진을 그렸다.

이내 피는 신성력을 띠었다. 성유물과 같은 '격'을 담고서 주변에 거대한 진동을 일으켰다.

'희생 마법.'

무영은 염소탈을 쓴 남자가 사용하는 종류의 마법이 무엇인지 알아봤다.

그래, 마법이다.

기적이니 하는 것과는 거리가 멀다.

높은 순도의 마력을 짜 넣어, '신격'이 담긴 '척'을 하는 것일 뿐이었다.

"누구에게 기도를 올리는 거지?"

"다크엘프의 신에게!"

"그 신이 단탈리안인가?"

무영은 피식 웃고 말았다.

마신은 악마들 외에 추앙받을 만한 신이 아니다. 신이라는 이름에 걸맞지 않다. 그들은 '순환'하지 않는 존재였으므로.

세상의 모든 것들, 모든 이치는 순환 속에 있었다.

그 순환 속에 있지 않다는 말은 애당초 세상에서 어긋난 것이라는 뜻이었다.

이어 마법진 속에서 붉은 창 한 자루가 나왔다.

"이 창이 뚫지 못하는 것은 없지. 설령 상대가 신이라 하여도 뚫는 창이 이것이다."

"대단하군."

무영은 순수하게 감탄했다.

급조된 성유물치고는 완성도가 꽤 좋았다. 비장의 한 수쯤은 되는 모양이었다.

동시에, 무영의 이마에서 뿔이 돋았다.

느려진 세상 속에서도 저 창이 무영을 찌를 수 있을 것인가?

갑작스런 무영의 움직임에 염소탈의 남자도 조금은 당황한 것 같았다.

하지만 그가 미처 반응하기도 전에 무영의 검이 이마에 닿았다.

촤악!

깔끔한 양단이었다.

이마가 벌어지며 뇌수가 튀었다.

저주 계열 술사에게 근접전은 취약이다. 무영이 이곳에 당도하기 전에 처리하지 못했다는 건, 이미 패배했다는 뜻과 일맥상통했다.

정해진 패배.

'대단하군.'

그런데 놈의 말도 아예 틀리진 않은 모양이었다. 빗겨가긴 했으나 무영의 가슴팍에 창이 꽂혀 있었다.

염소탈의 남자가 직접 찔러 넣은 건 아니다.

'공간 도약.'

창에는 그 마법이 새겨져 있었다.

자동으로 무영의 심장을 노리고 도약했으나 아쉽게도 무영의 심장을 찌르기 전에 시전자가 죽었다.

더불어, 불멸자의 피부를 얻은 무영의 신체는 강화가 되어 있었다. 창은 고작 절반을 뚫고는 멈췄을 따름이었다.

만약 시전자가 온전한 상태였더라도 무영이 죽는 일은 없었을 것이다.

그러나 충분히 위협은 됐다.

이제, 단탈리안이 나오기만 하면…….

털썩!

놈의 시체가 바닥을 나뒹굴었다.

무영은 표정을 굳혔다.

'단탈리안이 아니다?'

변화는 없었다.

아줄의 말이 사실이라면 신체가 차게 식은 즉시 변화가 있어야 했다.

분명히 염소탈의 저편에서 마신의 기운을 느꼈다. 무영이 아니라면 알아차리지 못할 정도로 은밀한 향기.

한데 놈이 아니란다. 그럼 누구일까?

스으으으윽.

염소탈을 쓴 남자의 신체가 가루가 되어 흩날렸다.

그걸 보고서야 무영도 깨달을 수 있었다.

'아니군. 옮겨간 것이로군.'

무영은 고개를 끄덕였다.

죽은 즉시, 그 혼이 다른 신체로 옮겨진 것이다.

하지만 이 주변에서 멀리 떨어질 순 없다.

무영은 탑의 아래를 바라봤다.

배승민이 자신의 수족들을 소환해 다크엘프들과 항쟁을 이어 나가고 있었다.

저 다크엘프들 중 하나일 터.

하지만 냄새가 섞여 버렸다. 수많은 인파로 인해 무영도 알아차리지 못할 정도가 됐다.

쯧!

무영은 혀를 찰 수밖에 없었다.

최대한 빠르게 처리하는 게 목적이었건만.

하여, 무영은 반지를 쓰다듬었다.

모두 죽인다?

그런 번거로운 짓을 행할 필요가 없었다.

무영이 가진 결계 중에는 본성을 극대화시키는 것이 하나 있었다.

고유 결계, 황야!

'황야.'

고유 결계를 대규모로 발동시켰다.

이 거대한 도시 전체에 또 다른 결계를 중첩시킨 것이다.

이는 무영이 아니라면 누구도 쉽게 흉내 내지 못할 이적이었다.

곧 커다란 건축물이 모두 사라지고 주변이 황폐해졌다.

몇몇 이는 작아졌고, 또는 커졌고, 또는 밝아졌으며, 별빛이 되어버린 자도 있었다.

하지만 그중 유독 모습이 눈에 뜨이는 자가 하나 있었다.

두 발로 걷는 육중한 몸매의 검은 염소!

그가 당황한 듯 주변을 살폈다.

설마 자신의 모습이 적나라하게 드러날 줄은 몰랐다는 듯이.

동시에 싸움도 소강상태가 됐다.

서로가 서로의 변화에 당황하며 주변을 두리번거리는 중이었다.

하지만 그중 검은 염소는 유독 눈에 들어왔다.

"저들이 너희들이 따르던 진정한 '신'의 모습이다."

무영은 날개를 펼친 채 단탈리안에게로 다가갔다.

"신께서……."

"저게 '신'의 모습이라고?"

다크엘프들은 어안이 벙벙할 수밖에 없었다.

검은 염소라고 표현했지만 실은 그보다 더 '기괴'한 존재였다.

눈이 세 개였고, 입은 두 개였으며, 반은 여인의 몸이고 반은 남성의 몸이었다.

어찌 이것을 기괴하지 않다고 할 수 있겠는가.

그러자 검은 염소, 단탈리안이 무영을 바라봤다.

"이런 방법이 있었군."

그는 이어 흥미를 보였다.

중성적인 목소리.

그조차도 생각 못 한 모양이었다.

하기야, 마신이 숨고자 한 것을 누가 찾아낸단 말인가.

무영이라서 가능한 일이었다. 다른 이가 황야를 발동시켰대도 단탈리안의 본모습까지 찾아내진 못했을 것이다.

단탈리안이 말했다.

"너는…… 실로 재미있는 존재로구나. 그 '신격'은 어디선가 본 것 같기도 하다만, 또한 내가 모르는 것까지 섞여 있다. 반은 분명히 타락한 천사 루키페르일진대, 나머지 반은 뭐지?"

과연 거짓을 하는 자답게 꿰뚫는 눈을 가지고 있었다.

루키페르의 힘을 꿰뚫어 본 자는 여태껏 없었다.

괜히 마신이 아니다. 무영도 조금은 긴장할 수밖에 없었다.

단지 본 것만으로 무영의 절반을 파악했으니 긴장을 풀었다간 모든 걸 간파당하고 여느 존재들처럼 떨어질 것이었다.

육신을 잃거나, 혼마저 잃어버리겠지.

"알고 싶은가?"

"그다지."

쉽게 넘어가진 않았다.

단탈리안은 무영에게 진실을 구걸할 필요가 없었다.

그가 가장 잘하는 거짓으로, 그가 원하는 것을 찾을 수가 있기 때문이다.

무영은 그와 오랜 시간 대화를 이어갈 생각이 전무했다.

그가 자신의 장기를 발휘하기 전에, 속전속결로 원하는 것을 얻는다.

거부한다면 억지로라도 빼앗을 셈이다.

거짓의 마신, 하나 그 혼자만이라면 무영에게도 승산이 아예 없진 않았다.

무영은 비탄을 들이밀며 입을 열었다.

"네가 알고 있는 '조건'들을 내게 넘겨라."

조건들.

바로 마신들의 소멸 조건이다. 그들을 죽이기 위해 필요한 필수적인 정보!

무영이 아는 건 극소수였다. 애당초 과거에도 무영은 마신들의 전쟁에 참여한 적이 없었다. 무영이 한 일은 오로지 인간들의 암살이었기 때문이다.

단탈리안이 가진 세 개의 눈이 동시에 무영을 쳐다봤다. 불쾌해하진 않았다. 그는 여전히 무영에게 흥미를 느끼는 중이었다.

"그러면 너는 내게 무엇을 줄 것이냐?"

58장
단탈리안

무엇을 줄 거냐고?

"그들의 평등한 파멸."

무영은 짧게 답했다. 그 이상은 필요가 없었다.

이는 순전히 예상이지만 단탈리안은 다른 마신들에 대해서 그다지 안 좋은 인식을 가지고 있었다. 다른 마왕들이 그를 두고 '모서리' 따위로 부르는 것만 봐도 알 수 있다.

마신들 중에서도 툭 튀어나온 존재.

홀로 활동하며, 홀로 존재한다.

무영은 과거에도 그의 이름을 마신들 사이에서 들은 적이 없었다.

그것은 마신들이 반대파를 숙청하고 본격적인 활동을 시작했을 때에도, 오로지 단탈리안만은 제외되었다는 이야기다.

그럴진대 단탈리안이 그들에 대해 좋은 감정을 가지고 있을 리 만무했다.

하여, 무영은 그들의 파멸을 제시했다.

평등하게. 결과적으로 찬성파와 반대파를 가르지 않고 모든 마신을 멸한다.

물론 그 안에는 단탈리안도 포함되어 있을 테지만, 굳이 말하진 않았다.

"파멸? 네가 모든 마신을 파멸시킬 그릇이라는 소리인가?"

슈우우우우욱―

그 순간이었다.

세상이 멈췄다.

수많은 다크엘프, 배승민과 결계 바깥의 존재 모두가.

하지만 정말로 세상이 멈춘 건 아니다.

이건…… 신격의 발화였다.

진짜 세계와 같은 세계를 복제한 것이다.

단탈리안의 '거짓'이 여기서도 발현이 되는 듯싶었다.

확실히 무영은 마신의 앞에 선 게 처음이다.

마신들이 인류를 학살하는 걸 몇 차례 본 적은 있지만, 혹은 대마법사 멀린과 세 마신이 서로 투쟁하는 걸 보기는 했지만 단순히 본 것과 마주한 것의 압박감은 상당한 차이가 있었다.

'하나…….'

무영은 고개를 들었다.

과거와는 달랐다. 그저 지켜만 봤던 과거와는.

무엇을 하고자 강해졌는가. 쉬지 않고 달려왔던 이유가 무엇인가.

바로 지금과 같은 상황에 대처하기 위함이다.

마신의 위협으로부터 자신을 지키고, 인류를 구원하고자!

여섯 장의 날개를 펼쳤다.

그러자 거짓 세계에 열기가 조금 돌기 시작했다.

저자가 거짓으로 세상을 구현한다면 무영은 그 거짓된 세상에조차 열기를 남길 수 있는 특별한 신격의 소유자였다.

가브리엘, 루키페르 그리고 모든 것을 정화하는 불!

"마신들의 파멸은 세상의 파멸과도 같다. 그들의 죽음은 세계의 죽음이다. 해서도 안 되고 할 수도 없는 절대적인 규칙! 그 규칙을 네가 깨겠다는 것인가?"

"솔로몬도 깼다면, 나 또한 깰 수 있다."

세계를 부수지 않는 게 규칙이라면 솔로몬은 규칙을 어겼다.

그는 이 거짓된 세계에 사람들을 밀어 넣었고 서로 경쟁하며 죽게 만들었다. 마신이라는 항거 불가한 적마저 심어뒀다.

규칙?

개나 주라고 하겠다.

무영은 이레귤러다. 특이점. 규칙에 얽매이지 않는 존재!

누군가가 규칙으로 무영을 묶고자 한다면 무영은 그 줄을 끊고 묶은 자를 영원히 고통받게 만들 것이었다.

게다가…… 단탈리안은 오로지 진실만을 말하지 않는다.

그는 교묘하게 진실 속에 거짓을 섞는다.

저 말 또한, 혹은 무영에게 건넨 말들 중에서 분명히 거짓이 존재할 것이었다.

솔로몬의 이름이 무영에게서 언급되자 단탈리안이 크게 웃었다.

"하하하! 제대로 된 진실에도 근접하지 못했으면서, 규칙을 깨겠다! 참으로 어리석고 우매하다. 솔로몬은 세계를 파멸한 게 아니라 구한 것이다. 인류가 살아갈 수 있는 '방주' 또한 솔로몬이 만들었으며 마신에게 대항할 힘 또한 마계 곳곳에 뿌려두었지. 그런데도 너는 그가 규칙을 깼다고 말하는군."

무영은 겉으로 표현하지 않았지만 내심 인상을 찌푸릴 수밖에 없었다.

솔로몬이 세상을 구했다니.

그 세상이 마계는 아닐 것이다. 지구, 지구를 뜻하는 것일 테다.

하지만 무영이 본 영상과, 무영이 들은 이야기, 그 모든 걸 종합해 보면 지구를 파멸로 이끈 건 솔로몬이었다.

마계에 있는 작디작은 희망들?

글쎄. 어쩌면 마지막에 속죄의 마음이 들었을 수도 있겠지.

아니면 게임이 너무 안 되니까 심어둔 것이 수도 있겠고.

'방주라.'

인류의 희망. 무영이 깊은 늪지에서 구한 기계들.

그것이 왜 마계에 있는 건지 고민을 해봤다.

어떻게 마계로 넘어올 수 있었는지 말이다.

정말로 희망을 실어 나르려고 했다면, 차라리 우주로 향했을 터다.

마계에 불시착했다……. 그렇게 생각할 수밖에 없다. 누군가의 영향으로 말이다.

그리고 그 누군가도 솔로몬일 가능성이 높았다.

방주를 그가 만든 게 아니라, 그가 방주를 마계로 떨어지게 만든 것이다.

"거짓이군."

무영이 말하자 단탈리안은 반응조차 하지 않았다.

거짓이 아니라고 열을 내지도, 그렇다고 무영을 더 설득시키려고도 하지 않았다.

그러니 그게 진실인지 거짓인지 파악하기가 더욱 힘들어졌다.

거짓을 간파하는 무영의 능력도, 오로지 거짓을 위해 탄생한 마신을 온전히 감당한 순 없는 모양이었다.

하지만 한 가지 확실한 건, 저 소리에 놀아나면 무영은 중요한 것을 빼앗기게 된다는 것이었다.

"마계는 지구의 일부다. 푸른 사원의 벽을 부수면 인간들은 다시 지구로 돌아갈 수 있지. 너희들은 그러한 작은 사실조차 깨닫지 못했으면서 매번 규칙을 깨겠다고 말하곤 하더군. 참으로 웃기는 일이다."

거짓이다.

물론 과거에는 그런 설이 떠돌긴 했다.

하지만, 결과적으로는 '아니다'란 소리가 나왔다.

마신들이 그 벽을 부쉈기 때문이다. 인류를 말살하려는 마신들이 푸른 사원의 벽을 부수고 멀린을 죽였다. 이는 두말할 여지없는 진실이었다. 과거를 돌아온 무영이기에 확신할 수 있었다.

"언제까지 거짓만을 늘어놓을 생각이지?"

"나는 거짓의 화신이다. 하지만 지금 내가 말한 것들은 진실이다. 너는 제법 괜찮은 신격을 소유하고 있다만 진실에 근접하지 못한 상태로는 결코 마신들에게 대항할 수 없다."

이쯤 되니 무영도 헷갈렸다.

단탈리안은 말하고 있었다. 진실에 근접해라. 그러면 진실을 알려주겠노라고.

하지만 저 말 자체가 거짓일 수도 있었다.

거짓인가, 진실인가?

또한 확실한 건 무영은 단탈리안보다 솔로몬에 대해 자세히 알지 못한다는 점이었다.

단탈리안은 이어서 말했다.

"나는 모든 걸 알고 있지. 수만, 수십만의 몸을 탐하며 가장 많은 지식의 샘을 가지게 됐다. 나는 너희가 말하는 '지구'라는 곳에서도 살아봤으며 인간으로서 지낸 시간도 길었노라."

"마신들은 레메게톤에 봉인되어 있었던 게 아니었던가?"

"나는 정해진 육신이 없다. 오로지 나에게만 정해진 특혜였지. 다른 마신들이 나를 멀리하는 것도 같은 이유다. 더욱 많이 알고, 더욱 많이 경험한 자에 대한 공포. 그리하여 그들은 내게 '거짓의 화신'이라는 오명을 씌웠다."

그럴싸했다.

단탈리안의 말에는 제법 호소력이 있었다.

무영이 가진 '공감'의 능력에도 이상한 점은 발견되지 않았다.

무영은 그가 오로지 거짓만을 말했다고 생각하지 않는다. 하지만 진실이 무엇이고 거짓이 무엇인지 판별하는 건 쉽지 않은 일이었다.

"마신들을 파멸할 조건? 나는 그들의 조건을 모두 알고 있다. 알고 싶느냐? 진실에 근접하고 싶은가?"

무영은 피식 웃었다.

확실히, 단탈리안은 상대하기 까다롭다. 정해진 육신이 없으니 여기서 무영이 그를 죽여도, 그는 소멸하지 않을 것이다. 언데드로 만들려는 계획도 무산이었다.

그리고 그를 소멸시킬 수 있는 '조건'이 필요했다. 그 조건을 쥐고 놈을 위협해야 무영이 우위를 점할 수 있었다.

"알고 싶다면 나는 네게 무엇을 주어야 하지?"

"그들의 공평한 파멸을 가져다주겠다고 하지 않았는가? 내게 오명을 뒤집어씌우고 솔로몬과 작당하여 지구를 파멸시킨 그놈들을 말이다."

무영은 고개를 끄덕였다.

"너에게 약속하마. 그들의 파멸을 가져다주겠노라고."

"좋다. 네 혼에 그들의 '조건'을 새겨주겠다."

그러자, 다시금 세상이 돌아가기 시작했다.

째깍째깍.

시계가 움직이며 다시금 전장으로 돌아왔다.

무영은 주변을 둘러봤다.

'조건'은 확실하게 알았다. 모두 알아낸 건 아니었지만, 이 정도 숫자면 그들의 위협으로서 확실하게 자리할 수 있을 것이다.

"주인님, 괜찮으십니까?"

배승민이 물었다.

무영은 고개를 끄덕이며 비탄을 뽑았다.

"다크엘프들을 모두 쓸어버려라. 놈의 혼이 다른 육신에 정착하지 못하도록!"

전투라 하지만 일방적인 학살이었다.

무영은 결계를 해지하고 모든 병력을 동원해 처참한 살육을 벌였다.

남녀노소 할 것 없이, 다크엘프의 도시는 피에 잠겼다.

"이건…… 이건 아니에요. 이건 너무 잔인합니다."

하이엘프인 아인이 말했다.

무영은 어깨를 으쓱했다.

"어쩔 수 없었다. 단탈리안이 다른 육신으로 이동하면 그를 아예 잡는 것이 불가능하니."

"다른 방법은 없었나요? 굳이 모두를 죽여야만 했던 건가요?"

"그렇다."

무영은 확신했다.

다른 의견은 듣지 않았다.

그리고 전보다 빠르게 진행을 시작했다.

"정비하라. 그레모리를 만나러 가겠다."

조건을 알았으니, 시간을 끌 필요가 없었다.

무영은 이어, 자신의 불꽃으로 도시 전체를 태워 버렸다.

시체조차 남기지 않겠다는 듯이.

이로써 혼의 이동은 생기지 않을 것이었다.

무영은 본래 효율 중시였다.

신격을 얻으며 다소 느슨해진 감이 있었으나 정보를 얻은 지금은 뿔난 황소처럼 밀어붙이고 있었다.

크게 변한 점은 없다. 단지 전처럼 약간의 냉혹성이 돌아왔을 뿐이었다.

그런데도 약간의 불편함이 있었다. 자신들이 믿고 따라야 할 무영이 맞건만, 왜인지 걸리는 무언가가 있다는 소리다.

"빠……."

우선 스노우가 무영에게 쉽게 접근하려 하지 않았다. 예전이었다면 매일 달려들어 업혀도 이상하지 않을진대, 무영이 다크엘프를 모두 도륙한 이후로는 살짝 떨어져서 지켜만 보고 있었다.

다른 이들도 조금씩 느끼고 있었다. 하지만 굳이 입 밖에 내지는 않았다.

오로지 아줄만이 있는 그대로의 이야기를 하였다.

"어쩌면 단탈리안이 그의 몸을 차지한 것인지도 모른다. 그래도 걱정 마라. 그는 단탈리안이면서 동시에 무영이니까. 단탈리안은 자신이 차지한 몸의 역할을 누구보다 충실하게 수행하므로, 너희의 목표나 숙원 역시 달성할 수 있을 것이다."

바로 단탈리안이 무영의 몸을 차지했을 가능성이 있다는 것!

아줄은 꼴좋다는 표정을 지어 보였지만 다른 이들은 그것을 쉽게 받아들일 수가 없었다.

그러한 가능성이 있는 것만으로도 불충이었다.

그들이 무영을 따른 건, 그의 목표나 숙원에 기대서가 아니다.

그가 무영이기 때문에 따르고 있는 것이다.

"확인할 수 있는 방법이 있나?"

타칸이 물었다.

그러자 아줄이 웃었다.

"그를 죽여라. 그를 죽인 자는 그가 진짜였는지 가짜였는지 알 수 있을 것이다."

그러자 모두가 침묵했다.

그런 짓을 할 수 있는 자는 없었다.

배승민은 아예 고개를 돌렸다.

하지만 확실히, 겉으로 무영은 평소와 크게 다르지 않아 보였다. 단지 그와 '연결'되어 있는 다른 이들만이 약간의 불편함을 느낄 뿐이었다.

어쩌면 이상한 일은 아닐지도 모른다. 그는 무영이 맞고, 단지 단탈리안을 만나면서 약간의 이변을 겪었을 뿐일지도 모른다.

하지만…… 동시에 불안함도 감출 수가 없었다.

정말로 단탈리안이 무영의 몸을 차지한 것일까?

그러한 의문은 그들을 조금씩 불안하게 만들기에 충분했다.

그렇다고 아줄의 말도 곧이곧대로 믿을 순 없었다.

그는 거짓의 화신인 단탈리안의 밑에 있었던 자. 무영에 의해 억압을 당하고 있었다.

거짓인지, 진실인지는 분명히 해둘 필요가 있었다.

무영도 자신 휘하의 존재들이 혼란을 느끼고 있다는 점은 숙지하고 있었다.

하지만 내버려 두었다. 변명 아닌 변명을 한다고 해서 그들이 쉽게 받아들일 리도 없었다.

무엇보다, 단탈리안은 혼란을 주는 존재였다.

그가 사라졌다고 해도 무영은 그와 접했기에 영향을 받을 수밖에 없었다.

그러니 결국은 시간이 약이다. 무영은 그저 기다리기로 하였다.

'마신의 기운이 강해졌다.'

무영은 그레모리가 있는 '균열'로 다가가고 있었다.

비탄이 무영을 안내했고, 그곳에서 균열의 파편으로 말미암아 인정을 받을 셈이었다.

하지만 균열로 다가갈수록 마신의 기운이 풍성해지고 있었다.

그레모리일까?

그레모리가 균열을 나왔다면 이해가 되지만, 그런 일은 벌어지기 어려웠다.

'그레모리는 아니다.'

무영은 고개를 내저었다.

애당초 그레모리는 이처럼 패악한, 닿는 것만으로도 불쾌한 기운을 풍기지 않는다.

또한 기운의 발원지는 균열이 아니었다.

"발이 빠르고 몸을 잘 숨기는 자들로만 구성하여 주변을 수색하라."

여기서부턴 은밀해야 했다.

그레모리가 소멸되었을 가능성까지 염두에 두어야 한다.

만약 지금 기운을 풍기는 마신이 그레모리를, 반대파를 숙청한 것이라면 무영은 더욱 조심스럽게 움직일 필요가 있었다.

물론 무영은 꽤 먼 거리까지 굳이 찾아가지 않더라도 알고 느낄 수 있지만 그것은 상대의 마신도 마찬가지일 것이었다.

하여, 알아차릴 수 없는 지점에서 수색조만을 내보내 주변을 살필 필요가 있었다.

기감으로 파악하는 것도 상대가 작정하고 숨고자 한다면 알아차릴 수 없으므로.

'그레모리는 균열 속에 갇혀 있다. 하지만 반대편에서 허락 없이 균열로 들어갈 수도 없지.'

그럼에도 다른 마신이 이 근처에 있었다.

목표는 분명히 그레모리일 터였다.

같은 반대파의 마신이라고 생각할 수도 있지만, 같은 편이 이처럼 적대적인 기운을 있는 대로 흩뿌리겠는가.

필시 그레모리를 노리는 찬성파의 마신일 게 분명했다.

인류를, 악마를 제외한 모든 종족을 제거하는 데 발목을 잡는 반대파를 몰살시키고자 말이다.

대략 반나절가량을 기다리자 타칸과 수색대가 돌아왔다.

그들은 악마 하나를 포박하고 있있다.

전신이 엉망이고 얼굴도 일그러져 있었지만 꽤 강대한 마력이 느껴졌다.

"이런, 젠장."

그리고 그 악마를 본 아줄이 욕설을 내뱉으며 인상을 찌푸렸다.

곧이어 타칸이 무영에게 다가와 악마에 대한 설명을 하였다.

"악마가 너무 많다. 족히 100만 이상은 되어 보이더군. 그리고 운 좋게도 그중 '부참모장'이라 하는 놈을 잡아왔다."

무영이 물었다.

"부참모장? 누구의?"

"레라지에! 전장의 마신 레라지에!"

그러나 대답은 아줄에게서 들려왔다.

아줄은 있는 힘껏 인상을 쓰고 있었다. 엔로스를 보며 전율했을 때와는 다르다. 인상을 썼지만, 그의 악독함을 아는 듯 손가락을 마구 깨물어댔다.

'레라지에라.'

14좌의 마신, 레라지에.

분명히 '전쟁'과 관련된 마신이었다.

그리고 그의 소멸 방법은 무척이나 간단했다.

'전쟁의 패배.'

전쟁에서 패배하면 그를 소멸시킬 수 있었다.

하지만 그는 오랜 시간 전쟁에 모습을 비췄다. 여태껏 한 번도 패배한 적이 없다는 방증이다.

"이번에는 진심으로 충고하마. 레라지에와 척을 지지 마라. 그와 척을 져야겠다면, 세상 끝으로 도망가라. 그러면 죽는 순번을 뒤로 미룰 수는 있을 거다."

아줄이 진심을 담아서 말했다.

무영은 턱을 쓸었다.

레라지에. 확실히 강력한 마신이다. 적어도 전쟁 방면에 있어선 손에 꼽히는 마신이었다.

무영은 그보다 전력도 부족했고 당장 사용할 수 있는 카드도 적었다.

애당초 레라지에의 밑에 있는 마왕만 삼십을 헤아린다. 그 마왕들이 엔로스보다는 약하겠지만, 그럼에도 30개체나 모이면 과연 상대가 힘든 법이었다.

그야말로 절대적인 전력 차. 무영이 저곳을 향해 달려드는 건 불길로 뛰어드는 부나방과 다를 바가 없었다.

주변에서 느껴지는 시선은 따가웠다.

무영은 여태껏 수많은 역경을 헤쳤고, 단 한 번도 패배한 적이 없었다.

이번에도 기가 막힌 한 수를 제공하리라고 믿는 듯했다.

하지만 여러 가지 변수를 계산 해봐도 답이 나오지 않았다.

"그 부참노상이란 놈과 심노 있는 대화를 나눠봐야겠군."

더 자세하게 적군을 파악하려거든, 우선 눈앞의 악마부터 심문을 해볼 필요가 있을 것 같았다.

악마군 220만.

휘하의 마왕 30명.

말인즉, 30개의 군단으로 이루어진 거대 연합체다.

그중 둘은 샤르-샤쟈르와 동급의 마왕이라고 한다.

레라지에가 군을 이끌고 직접 그레모리를 처벌하고자 이 땅에 발을 밟았다고 하는데, 언데드로 만들어 물어본 것이니 거짓은 없을 터였다.

그리고 이야기를 들어보면 레라지에는 그레모리의 소멸 조건을 알고 있는 듯싶었다.

'그레모리의 조건은 나도 모른다.'

단탈리안은 모든 마신의 조건을 안다고 했지만 그것은 거 짓이었다.

그가 파악한 숫자는 절반가량. 물론 그것만으로도 대단하 다 할 수 있지만, 나머지 절반의 정보는 직접 얻어야 했다.

'부족하군.'

하지만 레라지에에게 패배를 안길 정도의 고급 정보는 없었다.

나머지 방법으로는 그레모리와 어떻게든 연락을 취해 협동전선을 펼치는 것이지만, 균열의 모든 것이 차단되어 있는 지금은 무리한 도박이 될 수 있었다.

무영은 고개를 저었다.

냉정하게 따져서 레라지에를 이길 가능성은 한없이 0에 수렴한다.

그레모리와 몰래 연합이 된다손 치더라도 1할을 넘기지 않는다. 왜냐하면 그가 레라지에이기 때문이다.

전쟁에 이골이 난 마신. 그를 전쟁으로 꺾는다는 건 불가능한 일이다.

정해진 패배를 향해 달려갈 것이냐?

그럴 순 없었다.

차라리 돌아가서 정비를 하고, 다른 수를 강구하는 게 나을 듯싶었다.

"후퇴한다."

결정을 내렸다.

지금 상황에선 답이 없었다.

돌아가는 와중, 무영은 극심한 혼란을 느끼고 있었다.

가능성.

모든 마신을 이겨야 하는 게 자신에게 주어진 사명이었다. 하지만, 그 가능성은 그야말로 '0'이다.

당장 레라지에도 어쩌지 못하는데 그보다 강력한 권능을 지닌 마신들을 어찌한단 말인가.

정해진 패배를 위해 달려야 하는가?

그것은 미련한 짓이다.

돌아가서 재정비를 한다. 더욱 많은 군세를 불러들이고, 모아서 힘을 기른다.

하지만 그래도 부족하다. 그래도 레라지에 하나 이길 수 없는 게 현실이다.

다른 방법. 다른 묘수……

그레모리에게 인정받지 못하면 다른 반대파 마신의 힘을 빌리는 것도 무리다.

애당초 무영이 그레모리의 인정을 받으려고 한 것도 마신들을 조정해 혼란을 불러일으키기 위함이었다.

'할 수 없다?'

이를 갈았다. 다급함이 생겼다.

어째서 이처럼 무모한 짓을 생각했는가.

어째서 불가능한 일을 위해 확신을 가지고 달려왔는가.

이해할 수 없었다.

이해하고 싶지도 않았다.

왜냐하면…… 그는 결국 '무영' 그 자체가 될 수 없었던 것이다.

―포기가 너무 빠른 것 아닌가?

그때였다.

머릿속에 울리는 목소리.

무영이 눈살을 찌푸렸다.

아니, 무영의 탈을 쓴 '단탈리안'이 눈살을 찌푸렸다.

"어떻게? 네놈의 혼은 갈 길을 잃었을 텐데?"

무영이 고개를 끄덕인 순간, 계약이 성사됐다. 무영의 몸을 온전히 단탈리안이 움직일 수 있게 된 것이다.

이후 단탈리안은 무영의 흉내를 냈다. 온전히 무영 자체가 되고자 하였다.

하지만 도저히 이해할 수가 없었다. '사명'을 완수할 수가 없었다.

―혼을 숨기는 건 이미 한 번 해본 일이다.

머릿속의 존재가 비웃음을 흘렸다.

단탈리안이 더욱 경직됐다.

혼을 숨긴다고?

그런 게 가능하단 말인가?

그것도 같은 몸에 있으면서도 눈치 채지 못할 정도로 은밀하게!

―단탈리안, 덕분에 많은 걸 알게 됐다. 고맙다고 하고 싶군.

진짜 무영의 목소리가 점점 더 커졌다.

단탈리안은 눈을 부릅떴다.

설마?

설마 놈이 자신의 소멸 조건마저 알아냈단 말인가?

은밀하게 숨어서, 모든 기밀을 가져갔단 말인가……!

─별게 없더군. 자신의 진짜 '이름'이 밝혀지면 안 된다는 것, '사명'을 완수하지 못하게 되는 것! 평생 가짜밖에 될 수 없는 운명이로군.

사명이란, 몸을 차지한 대상의 사명을 말했다. 그리고 단탈리안은 무영의 사명이 '불가능'하단 결론을 내렸다.

그러한 결론을 내린 시점에서 이미 조건 하나가 개방된 것이다.

이제 무영이 진짜 단탈리안의 이름을 말하기만 하면 단탈리안의 소멸 조건이 완전하게 완성되는 것이었다.

"그만! 다른 마신들을 파멸하려면 내 도움이 필요할 터. 네놈에겐 불가하나 나는 가능하다. 내가 있으면 그들의 모든 것을 파악하고 이겨낼 수 있다!"

─단탈리안, 너는 흉내를 낼 뿐이다. 너는 내 육신을 탐했으나 나에 대한 모든 것을 알아차리진 못했다.

레라지에를 앞에 두고 그저 후퇴만 하다니, 이 얼마나 바보 같은 짓인가.

불가능하다고 미리 결정지어버리면 될 것도 안 된다.

적어도 무영은 그러한 방식을 선호하지 않았다.

아무리 단탈리안이 무영의 흉내를 낸다고 하더라도 무영 자체가 될 순 없었다. 결국은 흉내. 다른 이들이 불편함을 가졌던 원인이다.

─제임스, 인간이었던 그대가 어떻게 마신이 된 거지?

"꺼허허헉!"

단탈리안이 가슴을 움켜잡았다.

있을 수 없고, 있어서도 안 되는 일이 벌어졌다.

그러나 놀랍기는 무영도 마찬가지였다.

무영은 단탈리안의 단편적인 기억들을 훔쳐봤다. 전체를 파악할 순 없었다. 그러기엔 단탈리안이 겪은 시간이, 규모가 너무나도 광범위했기 때문이다.

하지만 무영은 단탈리안이 처음부터 마신이 아니었음을 알 수 있었다.

말마따나, 그는 인간이었다.

그것도…… 지구의 인간이었다.

"진실을 알게 되면, 너는 후회할 것이다. 자신의 목적을 잃고 방황하게 되리라! 판도라의 상자에 '희망' 따윈 없으니!"

몸을 비틀거렸다.

화아아악!

순간 날개가 펼쳐지며 타오르기 시작했다.

그 불길은 단탈리안을, 무영의 육신을 태웠다.

정화의 불길. 가브리엘의 힘이 발동한 것이다. 타락하려는 혼을 다시금 정화시키고 있었다.

단탈리안은 비명을 내지르며 그저 고통스러워하였다.

이윽고…… 육신이 새까맣게 타버리고 단탈리안의 혼은 소멸했다.

처억.

다시금 육신을 재차지한 무영이 가까스로 몸을 일으켰다. 주변은 재해라도 맞은 듯 연기가 솟아올랐다.

본래라면 죽었어야 하지만 무영은 불멸자다. 타는 정도로는 죽지 않는다.

다만, 무영은 하늘을 올려다보았다.

본능적으로 피해를 줄이고자 빠르게 이동한 듯싶었다. 덕분에 군세에 피해를 주진 않았다.

하나, 무영은 복잡한 표정을 지어 보였다.

'끝까지 뒷맛이 안 좋은 놈이로군.'

무영은 그의 기억을 파헤쳤으나, 정작 그마저도 뭐가 진실이고 거짓인지 모르겠다. 그만큼 그의 기억에 진실성이 희박했기 때문이다.

'솔로몬, 멸망한 지구. 어쩌면 다른 마신들도…….'

무영은 고개를 내저었다.

그래도 결과는 변하지 않는다. 무영이 해내야 할 일들은 그대로였다.

피부를 재생시키며 무영은 저 멀리를 바라봤다. 단탈리안은 불가능을 외쳤지만 무영에겐 가능성이 있었다.

'천경.'

단탈리안은 이 몸이 괴물의 사랑을 받는다는 걸 모르는 모양이었다.

아니면, 사랑이라는 게 뭔지 그 자체를 잊어먹은 것일 수도 있고.

59장
천경

마신 레라지에.

그는 현재 200만이 넘는 악마를 지휘하며 그레모리의 공략을 꾀하는 중이었다.

녹색의 갑옷과 뿔이 난 투구를 착용한 그는 전형적인 사냥꾼의 모습을 하고 있었다.

하지만 크기가 족히 50m에 달할 정도로 거대했으며 그 모습에 걸맞은 거대한 검과 활을 갖고 있는 게 또 다른 특색이었다.

"'주기'가 빨라졌습니다."

너른 평야.

둥그런 모양의 무너진 땅을 중심에 두고 200만의 악마가 모여 있었다.

그중 마왕 하나가 다가와 레라지에에게 속삭이듯 말했다.

레라지에는 고개를 숙인 뒤 턱을 쓸었다.

"그레모리…… 마지막 발악을 하는군."

그가 시선을 돌려 무너진 땅을 바라봤다.

폭삭 가라앉은 땅, 그곳이 그레모리의 균열과 연결되는 장소였다.

하지만 그레모리 쪽에서 열어주지 않는 한 균열로 침투하기는 어렵다.

그러나 균열의 위치를 특정할 수만 있다면 이야기는 조금 달라진다.

'균열 안으로 이어지는 문을 계속해서 바꾸고 있다.'

위치를 특정하여 외부의 균열과 또 다른 균열을 이을 수만 있다면 침입이 쉬워진다.

그런데 그레모리가 눈치를 챈 거다.

균열이 이어지기 전에 '문'을 바꿔 버렸다.

정확히 말하자면 문에 걸린 자물쇠를 바꿨다고 해야 할 것이다.

'엄청난 마력이 소모되지. 자살 행위와 같다.'

물론 시간을 끄는 하나의 방편이긴 하지만, 그뿐인 행위다.

시간이 지날수록 방대한 마력을 감당할 수 없게 되리라.

아무리 마신이라도 마력이 무한하지는 않다.

언젠가 바닥을 드러내게 마련이고 그 끝엔 결국 파멸밖에 남지 않을 터였다.

하물며 문을 바꾸는 주기를 더 빠르게 했음에야.

레라지에. 그가 주변을 지키고 있는 한 도망치는 것도 할 수 없다.

결국은 시간 끌기…….

"재미없군."

그는 전쟁의 마신이다. 전장을 좋아하고 단 한 번도 패한 적이 없다. 그렇다고 이러한 승리를 바라지도 않는다.

싸우고, 싸우고, 또 싸우는 것만이 그가 존재하는 이유였다.

그저 주변을 지키고 있는 파수꾼의 역할만 해선 이겨도 이긴 것 같지가 않을 것이었다.

몸이 근질근질했다.

마신의 상대가 될 수 있는 건 마신뿐이다.

그런 의미에서 반대파의 수장노릇을 하고 있는 그레모리는 좋은 상대가 되리라 믿었다.

실망이고, 그래서 레라지에는 화가 나 있었다.

"디아블로. 놈은 어디에 숨어 있는 거지? 하우레스를 태워 죽인 그놈이 나서면 이 무료함도 조금은 덜 수 있을 텐데 말이야."

레라지에가 등에 멘 활을 만지작거렸다.

그는 전쟁의 마신이지만, 또한 용 사냥꾼이기도 하였다.

이 활로 쏴 죽인 용만 기백을 헤아린다. 디아블로 역시 용의 형태를 하고 있다고 했으니 잡을 수만 있다면 최고의 장식물이 될 것이었다.

불의 마신 하우레스를 불로 태워 죽인 디아블로.

놈을 사냥해 자신의 성에 걸어놓을 수만 있다면 어느 마신의 위세 못지않을 터.

레라지에의 물음에 부복한 마왕이 답했다.

"수색은 계속하고 있습니다만…… 흔적을 찾을 수 없습니다. 애당초 '천경'을 넘어 디아블로가 이곳에 왔다는 것 또한 의구심이 듭니다."

"하지만 하우레스는 이곳에서 소멸했다. 디아블로에 의해! 필시 그레모리가 디아블로를 소환하는 방법을 익힌 것이겠지. 아니면 또 다른 '개입'에 의한 것일 수도 있고."

디아블로.

놈은 다른 차원의 마신이다. 적어도 이 '세계'의 틀에는 맞지 않는다.

이질적이고, 이물질이고, 있어선 안 되는 바깥의 존재.

그래서 천경을 만들고 세웠다. 경계선을 지키게 했다. 오로지 디아블로의 출입을 막기 위해서.

적어도…… 내부의 소란을, 반대파를 숙청할 때까지만 말이다.

헌데 놈이 이곳에 나타나 하우레스를 소멸시켰다. 어떻게?

그레모리나 외부의 '개입'에 의해서임은 분명했다.

개입. 또 다른 제3자가 있다. 그렇게 들었다.

'네놈의 불이 내게는 통하지 않는다는 걸 증명해 보이마.'

하지만 아랑곳하지 않았다.

레라지에는 흥미가 깊었다.

놈이 나타나면 사냥하여 기념품으로 삼을 것이다.

다른 놈이 방해하면 없앤다. 레라지에의 관심은 오로지 디아블로에게 가 있었다.

숨어 있는 그레모리 보다도 더더욱.

디아블로는 그만한 가치가 있었다.

'바깥의 존재가 들어왔다. 안에 있는 우리들 역시 나갈 수 있다는 이야기.'

그래.

디아블로는 일종의 증명이었다.

어떻게 들어온 건지는 몰라도 자신들의 세계에, 마계에 들어왔다는 게 중요했다.

반대로 말하면 바깥으로의 통로가 분명히 있다는 뜻!

'솔로몬의 저주로부터 해방될 수 있다.'

레라지에가 바드득! 이를 갈았다.

디아블로는 시작이었다.

레라지에는 그 시작을 자신이 끊을 셈이었다.

"찾아내라. 무엇이라도 좋다. 어떻게든 디아블로를 불러들일 방법을 말이다."

"최선을 다하겠습니다. 그리고⋯⋯."

"더 할 말이 있나?"

"이곳에서 멀리 떨어진 장소에서 대규모 군단의 '흔적'을 발견했습니다."

레라지에가 이맛살을 구겼다.

"흔적이라? 내가 느끼지 못할 정도의 거리에서 말인가?"

"그렇습니다. 레라지에 님의 반경보다 약간 먼 곳이었습니다. 수십만 병사가 그곳에서 대기하고 있었던 듯싶습니다."

레라지에가 눈을 반개했다.

레라지에는 족히 100㎞ 바깥의 사물조차 구분할 수 있는 눈을 가지고 있었다.

그가 단순히 기운 따위를 알아챌 수 있는 거리는 그 배에 달한다.

한데 눈치채지 못했다면 대략 200㎞ 바깥에서 군단이 존재했다는 뜻이다.

그것도 완벽하게 기운을 지우고서.

전쟁의 마신 레라지에는 항상 신경을 곤두세우고 있다. 그런데도 인지하지 못했다는 건 제법 대단한 군단이라는 의미였다.

"있었다고? 그렇다면 지금은 없단 말인가?"

"예, 현재 흔적을 좇고 있습니다."

레라지에가 인상을 찌푸렸다.

다른 반대파의 마신일까?

하지만 반대파가 이곳까지 마음대로 활보할 수 있을 리 만무하다.

자신이 파악할 수 있는 반경을 알고 있는 마신도 무척 드물었다.

그레모리의 숙청이라는 위업을 탐내는 마신일 가능성도 있긴 하지만 이번 명은 바알이 직접 내렸다.

바알의 명을 거역하고 자신과 척을 지어가며 위업을 탐내는 마신?

글쎄.

그 속을 알 수 없는 파이몬이라면 모를까.

그리고 그 파이몬은 이미 감시하에 있었다.

찬성파도, 반대파도 아닌 제3자.

아마도 무언가의 파악을 위해서 왔다가 돌아간 듯싶은데.

'외부의 개입이 있다고 했지.'

어쩌면 직접적으로 연관이 있는 놈들일지도 모른다.

그레모리와 디아블로 그리고 제3자.

정확히 레라지에를 파악하고 있었다면, 제법 이쪽도 흥미가 생긴다.

놈들이 디아블로와 관계되어 있을 수도 있었다.

'흔적을 남겼다. 멍청한 건지, 자신이 있는 건지, 아니면……'

흔적이 우연히 남은 건지 일부러 남긴 건지도 중요했다.

하지만 레라지에는 걱정하지 않았다.

그는 전쟁의 마신이고, 한 번도 패배한 적 없는 노장이었기에.

한 번도 노려본 상대를 놓쳐 본 적이 없는 그였다.

"추격대를 편성하고 놈들을 쫓아라. 결코 놓쳐서는 안 될 것이다."

"예."

마왕이 엎드리며 예를 표했다.

레라지에는 그 앞에서 다시금 활을 만지작거렸다.

'이 활로 쏠 만한 가치가 있는 놈이면 좋겠군.'

마신들의 의견은 첨예하게 갈렸다.

모든 인류, 아인종을 제거하고 새롭게 창조하여 진정한 신 위에 오르자는 찬성파와 그 의견에 반대하는 소수파.

그리고 반대하는 소수파의 수장은 그레모리였다.

"그레모리시여, 이대로는 버티지 못합니다."

그레모리는 무척이나 수척한 얼굴을 하고 있었다.

여전히 믿기지 않을 만큼 아름답고 고결하나, 무한할 것만 같은 마력이 고갈되어가는 상황에서도 평상시와 같은 모습을 유지할 순 없었던 것이다.

"그래도 해야 합니다."

"조금만 속도를 늦춰도 감히 들어오지 못할 겁니다. 바알조차도 제대로 균열을 다룰 수 있는 건 아니지 않습니까?"

"레라지에를 얕봐선 안 됩니다. 그의 마력 해석 능력은 마신들 중에서도 수위권에 들어요."

그레모리는 돌로 만든 의자에 앉아, 두 개의 구슬을 손에 쥐고 있었다.

구슬은 계속해서 마력을 빨아들이며 균열을 변형시켰다.

그녀의 앞으로 거대한 차원의 균열이 마치 노이즈처럼 지직- 거리는 중이었다.

"하지만 이대로는……."

그레모리를 따르는 마족들은 다른 마신의 종들과 달리 각별하다. 그레모리는 진정한 신으로 모시고 사랑하며 아낀다.

그것을 그레모리도 알지만 물러설 순 없었다.

"몇 달을 버티는 게 고작이겠지요."

속도가 너무 빠르다.

그레모리가 예견한 시간보다 족히 십 년은 빠르게 진행되고 있었다.

그들이 움직이는 건 기적이 새겨진 책, '알스 노바'를 찾은 뒤라고 생각했건만.

디아블로가 나타나자 알스 노바를 찾지 못했음에도 활발하게 움직이고 있었다.

'디아블로의 등장이 오히려 그들의 등을 밀어줬어.'

디아블로는 알스 노바에 의해 세상에 나타난 게 아니다.

무언가의 작용으로 인해 다른 세계의 벽을 찢고 나타났다.

디아블로는 다른 마신들의 천적과도 같았지만, 동시에 희망이기도 하였다.

이 세상으로부터 빠져나갈 수 있다는.

그래서 그레모리는 겨우 버티고 있었다.

찬성파가 마음대로 활개를 치려면 반대파를 제거해야 하니, 그 수장격인 그레모리를 먼저 공격하는 게 이론적으로는 맞았기 때문이다.

"……다시금 그의 힘을 빌리는 게 어떠신지요?"

"그, 말입니까?"

그레모리의 목소리가 살짝 떨렸다.

약간의 공포심마저 섞인 듯했다.

그만큼 '그'의 존재는 입에 담는 것마저 어려웠다.

물론 이전 하우레스의 위험을 그의 도움으로 이겨내긴 했다.

하지만 그레모리는 운신의 폭이 좁아졌다. 한 번 더 그의 힘에 의지했다간 모든 것을 빼앗길 것이었다.

"그는 우리를 도와주지 않을 것입니다."

게다가 그는 하우레스를 집어삼킨 뒤 사라졌다.

설령 도움을 바라고 싶어도 바랄 수가 없는 상황.

주변 마족들의 표정이 굳었다. 그들도 느끼고 있었다. 바깥의 존재, 레라지에가 칼을 갈고 있다는 것을.

전쟁의 마신. 단 한 번도 전쟁에서 패한 적이 없는 불세출의 존재!

그레모리와는 상성이 너무나도 나쁘다. 문이 열리고 정면 대결 구도가 된다면 승률은 한없이 0에 가깝다.

그 칼이 자신의 목에 닿기까지 오랜 시간이 남지 않았다.

이대로는 파멸뿐이다.

그레모리도 그 사실을 너무나 잘 알고 있었다.

하지만 방법이 없다, 방법이.

그레모리의 예측이 빗나가고, 너무나도 빠른 정세의 변화를 읽지 못한 게 패착이었다.

반대파의 힘이 모일 겨를도 없이 포위당했으니 말이다.

치직─ 치지직─

순간, 균열이 흔들린다.

적들이 '문'을 찾아냈다는 방증.

다시 바꿔야 한다. 일순 그레모리의 마력이 방대하게 빠져나가며 얼굴이 수척해졌다.

마족들이 안타까운 눈빛으로 그레모리를 바라봤다.

그러곤 이내 결연한 표정을 지으며 말했다.

"만에 하나의 상황이 온다면 저희 26명의 마왕과 악마군단 모두가 사력을 다해 그레모리 님을 지킬 것이옵니다."

마왕들, 마족들이 의지를 다졌다.

그 뒤로 백만 여의 악마가 무릎을 꿇었다.

하지만 그들은 모른다. 까맣게 잊고 있는 존재가 있다는 것을.

그들의 바깥에서…… 27번째 마왕이 움직이기 시작했다.

무영.

새로운 바람이자 폭풍이 될 그 이름이.

"이상한 놈들이 붙었다."

타칸이 말했다.

본래는 아수라도에 군림하던 루키페르의 심복이었으나 무영이 루키페르를 흡수한 뒤 타칸은 무영을 따르고 있었다.

데스나이트의 형상으로 검을 연마하는 전사.

하지만 그 무력은 이미 전설상으로만 전해지는 데스나이트의 최종 형태, 둠 나이트를 넘어섰으리라고 추정될 수준이다.

그리고 그 감각만큼은 능히 초월체와 비견하다 해도 허언이 아니다.

"우리가 있었다는 걸 눈치챈 것 같습니다."

그 옆에서 배승민이 입을 열었다.

엘더 리치의 격에 오른 배승민은 어지간한 마왕의 격을 뛰어넘은 지 오래였다.

가장 강한 마왕 중 하나라고 일컬어지던 엔로스와도 비등한 싸움을 이어갔으니.

"조금 늦었군."

그리고 둘의 보고를 이어받은 무영이 짧게 답했다.

그레모리의 균열이 있는 곳을 벗어난 지 삼 일째.

생각보다 하루 더 늦다.

레라지에를 너무 과대평가한 것일까?

아니면 그레모리의 상황을 그만큼 예의주시하고 있었다는 뜻일까.

확실한 건, 시간이 많지는 않다는 점이었다.

'레라지에가 균열을 파헤치면 그레모리가 수면 위로 드러나는 건 순식간이다.'

본래라면 찬성파가 움직이는 건 한참 뒤의 일이다.

단탈리안을 흡수하며 알게 된 사실.

바로 기적의 책, '알스 노바'를 얻어야만 수월하게 움직일 수 있다는 것!

그런데 거의 십 년을 앞당겨서 빠르게 움직이기 시작했다.

그 이유…… 그걸 모르겠다. 하지만 과거와 현재가 달라졌으니, 그 원인은 무영에게 본인에게 있을 터.

'단탈리안의 기억은 모호한 게 너무 많다. 하지만 반대파의 힘을 모아야 한다는 건 자명하다.'

레라지에를 소멸시키고 그레모리를 빌미 삼아 세력을 불려야 한다.

반대파의 숫자가 적다지만 그들이 모이면 무시 못 할 전력이 된다.

그리하여 서로 반목하고 싸우게 만든다. 최종 승자가 된다. 인류를 구원하고, 더 나아가 이 세계의 진실을 밝혀낼 것이었다.

하지만 그렇다고 반대파를 살려둘 생각도 없었다.

최종 목표인 '바알'을 소멸시키려면 나머지 71명의 마신을 죽여야 한다.

그게 바알이 가진 '소멸 조건' 중 하나였으므로.

"무영, 어쩔 셈이냐?"

타칸이 말했다.

무영은 주변을 둘러보았다.

30만가량의 병사. 레라지에가 가진 220만여 마족에 비하면 숫자가 매우 적으나, 각개격파 할 수만 있다면 싸우지 못할 이유도 없다.

'일부러 흔적을 남겼으니 추격대가 붙는 건 당연한 일.'

또한 이 상황은 무영이 의도한 것이었다.

레라지에의 본대는 그레모리의 균열에서 멀리 벗어날 수 없다. 본격적인 추격은 어렵다는 이야기이고 소수의 추격대를 편성할 방법 외엔 무영을 쫓을 수가 없었다.

하지만 나름의 정예들로 구성되어 있을 것이다.

'간보기.'

일단…… 레라지에의 정예가 어느 정도 힘을 가졌는지 알아봐야겠다.

물론 이 소규모 국지전으로 인해, 레라지에도 무영의 힘을 파악하려 하겠지만, 요는 '최대한 힘을 숨기며 이기는 것'이었다.

'레라지에는 승패에 민감하다.'

그럴 수밖에.

애당초 레라지에의 소멸 조건 자체가 '전쟁의 패배'가 전부이니 민감할 수밖에 없는 사항이었다.

작은 규모의 싸움이라도 패배한다면 자존심에 금이 가겠지.

무영은 타칸을 바라봤다.

타칸은 기대감이 어린 듯이 무영에게 시선을 주고 있었다.

내게 맡기라는 듯.

나가서, 싸워서, 이기고 돌아오겠다는 뜻이다.

하여, 무영은 간단하게 답했다.

"아슬아슬하게 지고 돌아오도록."

"그래, 내가 가서 이기고⋯⋯ 지라고?"

타칸이 순간 그게 무슨 소리냐고 되물었다.

기대감이 한 번에 와르르 무너져 내린 탓이다.

하지만 무영은 잘못 말한 게 아니다.

"적이 적당히 증원을 부를 만큼, 몇 번을 반복해야 한다."

무영의 작전은 간단했다.

조금만, 조금만 더하면 될 것 같다는, 그 심리를 이용할 셈이었다.

소규모 국지전에선 이기게 하고, 전쟁이 심화되었을 때 그 승기를 도로 뺏어올 작정이다.

게다가 레라지에는 본대를 뺄 수 없다. 어쨌거나 그레모리가 가진 병력을 쉽게 상대하려면 최소 150만의 마족은 필요하다.

레라지에가 무영에게 뺄 수 있는 병력은 최대치로 잡아야 70만.

그것을 몇 번이고 쪼개어 사냥한다.

"배승민, 너는 죽은 마족들의 혼을 모아라."

"혼을 말입니까?"

배승민이 고개를 갸웃했다.

혼을 모으는 것과 언데드로 만드는 건 천지 차이다.

그저 모으기만 하는 것이라면 배승민은 백만의 혼도 모을 수 있다.

문제는 그렇게 모은 혼이 별로 쓸모가 없다는 점.

이에 무영은 작게 미소를 지었다.

"천경의 먹이로 던져 줄 게 필요하지 않겠나?"

아무리 이지가 낮아도 천경은 '먹고자 하는 욕구'가 강한 편이었다. 탐식과도 비슷하다. 그리고 수십만 마족의 혼은 더 없는 만찬이 될 것이었다.

물론 최고의 만찬은 무영의 신체 그 자체였다.

반신의 경지에 들어서고 불멸왕의 껍데기를 얻은 무영의 신체는 감히 최고의 '영약'과도 같아졌다.

무영의 피 한 방울은 강력한 독, 혹은 최상급의 치료제가 될 수준이었다.

신체 전체를 삼킬 수만 있다면 최하급의 고블린이 마왕 이상의 존재로 탈바꿈할 가능성조차 있는 것이다.

그저 포식하고자 하는 본능만이 충실한 천경의 입장에서 무영은 그야말로 살아 움직이는 최고의 보양식과 같으리라.

그러니 그 전에 미리 어느 정도 배를 채우게 할 필요가 있었다.

어느 생물이건 배가 부르면 움직임이 둔해지게 마련이니까.

'천경. 양날의 검과 같군.'

무영은 주먹을 강하게 쥐어 보였다.

디아블로를 막기 위해 만들어진 괴물 중의 괴물.

하지만 무영은 그 괴물조차 길들여 보일 셈이었다.

추격전에 나선 악마 군단은 모두 세 개.

3군단의 마왕 구르카스, 7군단의 마왕 부르, 11군단의 마왕 이베이젼이 나섰다.

도합 20만.

단순 추격을 하기 위한 숫자치곤 많았다.

실제로 그들은 적들의 완전한 살상을 명령받았다.

수많은 휘장이 펄럭이는 가운데…… 그들은 하나로 뭉쳐 매의 눈과 사자의 발톱을 가지고 임하는 중이었다.

이들이 바로 최강의 군단, 최강의 전쟁광 레라지에가 탄생한 밑바탕이다.

다른 마신의 휘하 마왕들과 달리 그들은 공을 다투지 않는다.

오로지 전쟁의 승리만을 위해 싸운다.

말살!

또한 그들은 비정하다.

적이라 판명되면 단 하나도 살려 보내지 않는다.

질서정연하게, 오로지 파멸만을 위해 달려오는 그들을 보며 타칸은 감탄했다.

"대단한 위세군."

저만한 군세를 직접 상대한 적은 없었다.

엔로스와 그 휘하 마왕들을 상대할 때조차 이만한 위세는 느껴본 적이 없건만.

20만이 능히 몇 배에 달하는 기세를 가졌다.

손이 근질근질했다.

제대로 싸워서 이기고 싶었다.

'져야 한다니…….'

타칸의 뒤로는 고작 5만 여의 유령기병만 존재할 따름이었다.

5만!

병사의 질은 타칸이 조금 더 높다. 하지만 4배의 숫자 차이를 극복하기는 어렵다.

그럼에도 타칸은 이길 자신이 있었다.

하지만 무영은 지라고 했다.

'그것도 아슬아슬하게 지라니!'

저만한 위세를 두고 한발 물러나는 모양새다.

후!

타칸은 한숨을 내쉬었다.

어쨌거나 타칸은 무영을 따르기로 했다.

그가 본래 자신의 주인이었던 루키페르를 흡수해서만은 아니다.

무영…… 그는, 놈은 조금 달랐다.

끊임없이 발전했다. 끊임없이 새로운 것을 갈망했다.

타칸은 단순히 무영의 곁에 있는 것만으로도 변화하는 중이었다. 강해지는 중이었다.

수백, 수천 년간 제자리걸음만 하고 있었던 타칸 스스로가 고작 몇 년 사이에 몰라보게 달라졌다. 감히 기적과도 같은 일.

그리하여 언젠가 뛰어넘겠다는, 그 목표마저 설정해 주었다.

얼마 전 무영의 갈비뼈를 얻은 뒤로는 체력이 더욱 붙은 느낌이었다.

물론 그렇다고 해서 타칸은 무영을 그다지 좋아하는 편이 아니었다.

'놈은 알 수가 없어.'

종잡을 수 없는 성격, 자신을 하인 부리듯 부리는 것도 마음에 안 든다.

허나 최후에 웃는 자가 승자라고 했던가.

타칸은 무영을 최후까지 끌어올릴 셈이었다.

가장 꼭대기에 올랐을 때, 정면으로 부딪혀서 승리하겠다. 그리하면 결국 타칸은 자신의 위대함을 스스로 증명할 수 있게 된다.

루키페르조차 넘어서게 되었다는 뜻일 터.

다만, 지금은 배워갈 때다.

무영의 밑에서 그 끝없이 움직일 수 있는 원동력을 알아갈 절호의 기회다.

그렇기에 타칸은 무영을 따르고 있었다.

배승민의 맹목적인 믿음과는 다르다. 그럼에도 비슷한 부분은 있었다.

'해낸다.'

이것도 수업의 일환이라고 생각하자.

졌지만 잘 싸우는 방법.

스앙!

타칸이 검을 빼 들었다.

'적어도 저 셋 중 하나는 데려가야겠지.'

세 명의 마왕을 바라봤다.

타칸의 목표가 정해지는 순간이었다.

단탈리안의 기억 속에 천경에 관한 건 무척이나 희미하게 존재했다.

이는 단탈리안이 평범한 마신들과 달리 '아웃사이더 적 존재'였기에 어쩔 수 없는 일이었다.

그러나 아웃사이더였기에 알 수 있는 것도 있었다.

예컨대 천경을 다루기 위해 필요한 것…….

그러한 것들을 조달하는 마족들의 존재를 말이다.

'천경을 다루기 위해 성운을 먹인다.'

성운. 또 다른 말로는 별이라 칭해지는 그것.

마족들은 '별의 선택을 받은 자'를 잡아서 천경에게 먹이고 있었다.

어쩌면 천경은 무영과도 닮은 부분이 있을지 모르겠다.

그리고 지금, 무영은 그 먹이들을 모아둔 성을 칠 작정이었다.

"엔로스."

스으윽.

무영의 옆으로 언데드화 된 엔로스가 연기처럼 피어올랐다.

과거 최강의 마왕 중 한 명이었으나 무영에게 패한 뒤 이지를 잃고 언데드가 되어 꼭두각시처럼 명령에 따라 움직이고 있었다.

무영은 엔로스를 향해 말했다.

"간만에 만난 친구에게 환영 인사를 해줘야 하지 않겠나?"

무영의 눈은 저 멀리 있는, 검은색 연기가 풀풀 나는 성으로 향해 있었다.

저 성이 천경에게 먹이를 조달하는 곳이다.

그리고 성을 지배하는 자는 굉장히 강력한 마왕 중 하나였다.

최강의 열여덟 마왕.

세븐 마운틴.

식스 로드.

파이브 스타.

엔로스는 가장 마지막 '최후의 5명'에 들어가는 최강의 마왕 중 하나다. 그리고 저 성을 지키는 자는 그보다 한 수 부족한 '식스 로드' 중 한 명이었다.

스으으윽.

엔로스가 움직이기 시작했다.

그의 주변으로 거대한 암흑이 소용돌이처럼 휘몰아쳤다.

쉬이잉-

콰아아아아아아앙!

이어, 거대한 굉음과 함께 성벽의 한쪽이 '증발'해 버렸다.

환영 인사치곤 과하다. 하지만 확실하게 이쪽의 존재를 알릴 수 있는 방법이었다.

동시다발적으로 수많은 마족이 튀어나왔다.

"엔로스! 왜 우리를 공격하는 거냐!"

엔로스는 유명한 마왕이다. 하지만 아직 무영에게 패배한 게 알려지진 않은 모양이었다.

엔로스가 거창한 '환영 인사'를 한 뒤, 무영의 앞에 다시금 무릎 꿇었다.

마족들이 그 모습을 경악하며 바라봤다.

그러나 이내 소란은 잠재워졌다.

장미의 마왕 소아라!

성의 주인이 나타났기 때문이다.

소아라. 그녀가 별을 모으고 있었다. 무영의 입장에선, 참으로 괘씸하기 이를 데 없는 짓이다.

"나는 별을 먹는 별일지니."

진정으로 별을 먹는 자는 천경도, 마왕 소아라도 아닌 무영 그 자신이건만.

그 순간이었다.

쿠오오오오오!

하늘에서 붉은 별, 절대자의 성운이 빛나기 시작했다.

"멸망의 별!"

식스 로드의 일인, 마왕 소아라.

그녀가 경악에 휩싸인 단말마를 뱉었다.

아마도 무영이 가진 별의 정체를 알아본 듯했다.

하기야 그녀는 수많은 별을 모았다. 무영이 가진 별의 특이성을 알아채도 이상하진 않았다.

"엔로스, 어째서 멸망의 별 따위를 따르는가!"

엔로스는 꿈쩍하지 않았다.

소아라의 외침은, 무영에게 매우 중요한 정보를 물어다 주었다.

'적들의 정보 습득력은 매우 부족하다.'

장미의 마왕 소아라는 제3좌, 바싸고의 가신이다.

그리고 바싸고의 이명은 '이면을 훑는 자'였다.

그런 바싸고의 가신인 소아라가 아직도 엔로스의 패배 소식을 모르고 있었다.

대부분의 마신이, 마왕들이 그 소식을 접하지 못했다는 방증.

어쩌면…… 아몬이 의도적으로 감춘 것일 수도 있다.

자신이 가진 최강의 마왕 엔로스가 인간 따위에게 패했다는 걸 알리고 싶지 않았을 가능성이 있으므로.

어느 쪽이든 희소식이다.

엔로스를 더욱 유용하게 사용할 수 있을 것 같았다.

더불어…….

'마왕들을 내 휘하로 만든다.'

무영이 가진 최고의 패는 역시 언데드로 만들 수 있는 죽음의 예술이다. 데스 로드가 인정할 수준에 다다른 그 힘은 마왕조차 언데드로 만들어 부릴 수 있게 하였다.

마신들은 아직 무영을 모른다.

무영에 대한 준비, 견제도 부족했다.

그러니 저들이 눈치채기 전에 최대한의 이득을 본다.

무영이 가진 가장 큰 힘은 정보였다. 반대로 저들의 약점 역시 정보였다.

만약 알게 되면 저들은 따로 군단을 나눠 무영을 치려는 얄팍한 수는 내지 않을 것이다.

단번에 몰아붙여 말살하려 하겠지.

그만큼 무영은 그들에게 있어서 '천적'과 같았기 때문이다.

'저들이 나에 대해 파악하기 전에 그들이 무시 못 할 힘을 손에 넣어야 한다.'

속전속결!

기반은 다졌다.

반신격에 이르는 무력, 밑바탕이 될 탄탄한 기반.

이제는 그 기반을 시작으로 빠르게 넓혀가야 한다.

시간은 무영의 편이 아니었다.

그리고 저들의 편 역시도 아니었다.

지금부턴 처절한 눈치 싸움이 주를 이루게 되리라.

그리고 우선은…….

'가장 강력한 마왕들, 열여덟의 최강자.'

그들 열여덟의 힘을 합치면 능히 마신과도 버금가리라.

마신은 강력하다. 능히 신이라 칭할 정도의 권능을 가지고 있다.

하지만 마신이 무적인 건 아니다. 만약 홀로 모든 걸 영위할 수 있었다면 무엇 하러 밑에 수많은 마왕과 마족을 두겠는가.

그들 역시도 자신을 받쳐 줄 기반이 필요했던 것이다.

그리고 가장 강력한 열여덟 마왕을 거머쥘 수만 있다면 그것만으로도 마신들에게 충분한 경고의 의미가 될 것이었다.

우선은.

"엔로스! 가장 강력한 다섯 마왕 중 하나인 그대가 고작 별의 집행자 따위를 따르다니, 아몬은 알고 계신 건가?"

아몬.

제7좌, 모든 마법을 다루는 마신.

본래는 엔로스의 주인 된 자!

하지만 그의 마법조차도 무영이 가진 '죽음의 힘'을 막진 못했다.

바싸고의 가신인 장미의 마왕 소아라는 어떨까?

과연 바싸고의 금제가 무영이 가진 힘보다 뛰어날까?

자못 궁금했다.

무영은 궁금한 건 못 참는 성격이었다.

하여, 무영은 비탄을 들었다.

지직! 지지지지직!

비탄의 주변으로 검은 번개가 휘몰아쳤다.

자동으로 발현되는 다크 체인 라이트닝. S++등급의 이 자동 마법은 웬만한 성조차 일격에 박살 내는 힘을 가지고 있었다.

하물며 비탄의 고유 능력 중 하나인 '모든 공격과 결계 스킬 강화'가 맞물려 그 위력은 배가 된다.

단발성 공격력으로는 감히 최고위급 마법인 유성 폭우와도 비견하다 할 것이었다.

콰르르르르르르르르릉!

비탄을 횡으로 갈랐다.

그러자 공간을 가르며 거대한 검은 번개가 이리처럼 적진을 찢어발겼다.

장미의 마왕 소아라, 그녀는 무영을 보자마자 대비하고 공격했어야 했다.

엔로스에게 정신이 팔려서 무영에게 시선을 돌린 건 크나큰 실수였다.

콰아아아아아아앙!

검은색 번개가 넓게 퍼져 나가 거대한 폭발을 일으키며, 동시에 마족들을 태워 버렸다. 이어 후폭풍이 거세게 몰아닥쳤고, 순식간에 앞 대열이 사라져 버렸다.

"멸망의 별! 고작 별의 집행자 따위가!"

그나저나 별의 집행자라.

마왕 소아라는 무영이 가진 별에 대해 알고 있는 눈치였다.

아니라면 저러한 단어로 무영을 부를 리 없었다.

"적들을 멸해라."

앞 대열을 무너뜨린 뒤, 무영이 비탄을 내뻗었다.

그와 동시에.

쿵. 쿵. 쿠쿠쿠쿠쿵.

아귀들이 달려 나갔다.

망령들이, 짐승의 형태를 한 괴물들이 적들을 멸하고자 미친 듯이 전진하기 시작했다.

"엔로스."

스으으윽!

엔로스가 그림자가 되어 사라졌다.

이윽고 무영의 주변엔 다섯 구미호만 남았다.

아름다운 여인의 형상을 한 이 구미호들은 무영이 가진 가장 강력한 망령이었다.

"너희들은 엔로스를 도와라."

"알겠습니다."

"본부대로 할게요."

"다 죽여도 되는 거죠?"

꼬리를 살랑이며 다섯 구미호가 공간을 접고 엔로스의 곁으로 다가갔다.

이윽고 엔로스가 마족들의 중심부에 나타나 양손을 펼쳤다.

화아아아아악!

촘촘한 거미줄이 펼쳐졌다. 거기에 걸린 마족들이 허우적댔다.

구미호들은 여우 구슬을 꺼냈다. 구슬이 빛나며 아홉 개의 꼬리를 휘두를 때마다 여우불이 튀어나와 마족들을 태웠다.

그리고 무영은 적장을 바라봤다.

장미의 마왕 소아라!

갑작스러운 공격에 당황한 걸까?

그녀는 몸을 부들부들 떨고 있었다.

"이…… 엔로스를 등에 업었다고 오만방자하긴!"

엔로스를 등에 업었다?

아니다.

반대였다.

엔로스가 무영의 등에 업힌 거다.

그래도 확실히 엔로스는 시선 몰이에 제격이었다. 무영이 감춰지고, 그 사이에서 무영은 더욱 반전적인 요소로서 작용할 수 있게 되었으니.

"너에게 할애할 시간이 많지 않다, 소아라."

타칸이 시간을 벌고 있었다. 추적대가 더 늘어나기 전에 이곳을 접수해야 한다.

그리고 소아라 따위에게 공과 시간을 들이는 건 매우 아까운 짓이었다.

부르르르!

비탄이 울었다.

저 마왕의 피를 원하노라고.

무영은 고개를 끄덕였다.

곧 맛보게 해주겠노라고.

성이 불탔다.

모든 게 폐허가 되었다.

그리고 소아라는 무릎을 꿇었다.

주변엔 철장이 가득했다.

온갖 이종족, 별의 선택을 받은 자들.

그들이 공허한 눈빛으로 무영과 소아라를 바라보고 있었다.

"왜, 왜 죽이지 않느냐! 수치를 주지 말고 죽여라!"

무영은 피식 웃었다.

"중요한 소재를 죽일 순 없지."

마왕 소아라가 무릎을 꿇었다지만 무영은 제법 감탄하고 있었다.

현재 무영이 다룰 수 있는 무영검 50격 중 40격까지 버텨

냈다.

불의 정령왕 이프리트조차 45격을 버틴 게 고작이었는데.

과연 가장 강력한 마왕 중 하나라고 불릴 만하였다.

생시로 만든다면 무영의 패 중 하나로 탈바꿈 될 것이다.

"멸망의 별! 바싸고 님께서 너를 저주할 것이다!"

"그렇다면 그 저주 또한 멸망시켜야겠군."

척!

무영은 소아라의 머리를 강하게 움켜잡았다.

그리고 '죽음의 예술'을 되뇌었다.

죽기 직전까지 굳이 몰아넣지 않아도, 경지에 이른 이 힘은 상대를 반강제로 언데드로 만들 지경에 이르렀다.

바싸고의 금제가 더욱 강력할지, 무영이 가진 이 죽음의 힘이 더욱 강력할지는 두고 보면 알게 될 일.

"끅…… 끄아아아아악!"

검은색 기운이 소아라의 전신을 집어삼키자 소아라가 머리를 부여잡고 발버둥을 쳤다.

'역시 금제 비슷한 게 걸려 있군.'

바싸고의 금제다. 확실히 제3좌의 가신이니 그만한 금제가 걸려 있는 듯싶었다.

무영은 어둠의 영역을 더욱 넓혔다.

이윽고.

〈식스 로드의 1인, 장미의 마왕 소아라의 정신이 오염되었습니다.〉

〈사용자 '무영'의 지배하에 놓이게 됩니다.〉

〈전신이 변화하며 언데드화 되었습니다.〉

〈죽음의 예술 스킬의 랭크가 'EX'입니다. 능력치가 추가됩니다.〉

〈'부여'가 추가됩니다. '부여'된 능력은 무작위이고 알 수 없습니다.〉

이름: 소아라

레벨: 650

성향: 데몬 로드

힘 490 민첩 580

체력 550 지능 680

지혜 700 마법 저항 700

마력 699

+장미의 헌신(S+, 아군들의 사기, 능력치 상승), 장미넝쿨(S+, 넓은 범위 공격), 장미지옥(S+, 강력한 결계형 공격 마법)

+성운 탐색자

+마왕, 식스 로드

소아라의 발버둥이 점차 멎어갔다.

무영은 소아라의 상태를 바라보며 고개를 주억거렸다.

능력치는 배승민과 비견되는 정도.

단순 싸움으로 가면 배승민이 약간 우세할 듯싶었다. 아무래도 엔로스와의 싸움 뒤에 배승민은 마법적인 면에서 더욱 강해졌기에 가능한 일이었다.

'바싸고의 금제라.'

또 하나.

바싸고의 금제마저 무영이 가진 죽음의 힘이 이겨냈다는 것이다.

이는 충분히 놀라운 일이었고, 이번 싸움에서 얻어낸 가장 큰 결과물이었다.

제3좌.

그 위로는 2좌의 아가레스와 1좌의 바알뿐이 없다.

그렇다면, 3좌 바싸고 이하의 마신들이 금제를 걸어도 무영이 풀어낼 수 있다는 뜻!

이게 정확하다고 할 수는 없지만 일종의 기준은 되어줄 터였다.

이윽고 무영은 고개를 돌려 수많은 철창을 바라봤다.

별의 주인들.

온갖 이종족과 인간 등이 별의 주인으로 존재하고 있었다.

그 숫자만 거의 천에 가까웠다.

'언데드로 만들긴 아깝군.'

별은, 그 주인이 생명을 다하는 순간 꺼져 버린다.

이질적인 힘, 죽음의 힘을 받아들인다면 별 역시 없어지는 셈이다.

물론 무영이 직접 저 별들을 포식할 수도 있겠지만 효율이 별로 좋을 것 같지는 않았다. 절대자의 별은 그만큼 값진 별을 먹어야 더욱 밝게 빛나는 탓이다.

하지만 저들이 가진 별은 빛을 잃어가고 있었다.

'이지를 거의 상실했군.'

저들의 상태는 대부분이 정상이 아니었다.

이대로 놔둔다면 죽는다.

하지만…….

무영의 행동엔, 말엔, 지배의 힘이 깃들어져 있었다.

"들어라."

그래서 무영은 말했다.

"소아라는 더 이상 너희들을 가둬두지 못한다."

그들은 고개를 들어, 무영을 바라보기 시작했다.

이지를 대부분 상실했지만 본능적으로 고개를 움직인 것이다.

각인 효과와도 같았다. 죽어버린 정신세계에서 무영이 난데없이 빛처럼 출현했으니.

별은 별을 잡아당긴다.

그리고 무영이 가진 절대자의 별은 감히 태양과도 같은 힘을 지니고 있었다.

저들은 바라볼 수밖에 없다. 그저 태양이 있는 곳을 바라보는 해바라기처럼 말이다.

"그러나 너희들은 더 이상 돌아갈 곳이 없다."

무영은 확신했다. 별의 주인들을 포획하며 그 주변을 가만히 놔뒀을 리 없었으므로.

그러니 저처럼 폐인이 되었을 테지.

"따르라. 별들이 하늘을 가득 메울 때, 새로운 세계가 탄생할 것이다."

스아아아아아!

절대자의 별이 붉은빛을 내뿜었다.

마치 포효와 같았다.

붉은 별은 천 개의 별을 압도했다.

압도적인 존재감!

천 개의 별이 합쳐져도 절대자의 별 하나만 못했다.

하지만 죽어가던 별들이 하나둘 빛을 내었다. 마치 절대자의 별에 호응하듯 이끌리며 타올랐다.

그 숫자가 수십, 수백, 이윽고 천에 달했을 때.

〈절대자의 별이 빛나기 시작합니다.〉

절대자의 별이 더욱 붉게 빛났다. 세상 전체가 마치 붉은

빛에 휩싸인 듯싶었다.

그리고 그 순간이었다.

붉은 별, 절대자의 별 옆으로 이전에 없었던 푸른 별이 솟
아난 건.

〈'인도자의 별'이 떠올랐습니다.〉

인도자의 별?

저건 다른 사람의 별이 아니다.

무영에게 예속된 별이었다. 푸른 별을 보고 무영은 본능적
으로 느낄 수 있었다.

마치 음과 양인 양, 붉음과 푸름이 서로 공생하며 하늘을
밝히고 있었다.

그리고 그 주변으로 천 개의 별이 모여들었다.

무영의 칭호 또한 바뀌었다.

〈칭호 '순수의 별(S+, 모든 능력치+30)'이 '근원의 별(S+++, 모든 능력
치+50)로 진화했습니다.〉

〈'근원의 별'은 각기 다른 성질을 가진 두 별이 조화하여 생겨
난 현상입니다.〉

〈더욱 많은 별의 주인을 이끄십시오. 그들 하나하나는 지도자
의 힘을 지니고 있습니다. 더욱 많은 이가 근원의 별을 향해 집결

할 것입니다.〉

〈별은 모여 우주를 만듭니다. '최초의 인도자'의 기록을 획득했습니다.〉

최초의 인도자?

무영의 앞으로 아무것도 적혀 있지 않은 책 한 권이 생겨났다.

그저 하얗기만 한 책.

제목이나 지은이와 같은 그러한 것이 하나도 없었건만.

곧이어 무영의 시계의 초침이 팽그르르 돌았다. 미친 듯이 진동하며 곧 시계에서 수많은 글자가 튀어나왔다.

그 글자들은 곧 책에 기록되기 시작했다.

뿐만이 아니다.

주변 모든 '별의 주인'이 가진 시계가 돌았다. 글자가 떠올랐다. 글자들은 책에 기록되어 갔다.

무영은 첫 장을 열었다.

그곳엔 이렇게 적혀 있었다.

—무영력 0년, 별을 인도하다.

—무영력 0년, 별들이 노래하다.

기록은 계속해서 추가되었다.

그리고 무영은 깨달았다.

이 작은 책은 무영만의 '세계'라고.

아직 구체화되지 않은, 앞으로 구체화될 세계를 써나가고 있는 것이라고!

작은 전율이 일었다.

'별에 대한 의문.'

생각해 본 적 없다. 어째서 별이라는 게 존재하고 그것들이 주인을 고르는지.

어째서 그 숫자가 하나가 아닌 여럿인지…….

마족들은 별의 선택을 받지 아니한다. 오로지 마족 이외의 것들만이 별의 선택을 받는다.

그들은 모두 힘을 지녔으며 지도자의 성격을 가지고 있었다.

그리고 무영은 그러한 별들을 인도하는 인도자가 되었다. 상관관계가 없진 않을 것이다.

'그렇다면 천경은 뭐지?'

무영은 생각했다.

천경은 별을 먹는다.

어쩌면 천경은 단순한 '디아블로의 방패'가 아닐지도 모른다.

이는 단탈리안도 몰랐던, 무영의 단순한 추론에 불과했지만, 별에 대한 것을 깨닫고 느끼게 된 의문이었다.

혹시 별들이 모이는 걸 누군가가 두려워해 만들어낸 것이
아닐는지.

과거엔 없었으나 현재에 있는 이유는…….

과거에 그들은 대규모로 모이지 않았다.

각자 다른 종족, 각자 다른 집단, 각자 다른 목표를 가지
고 모두 다르게 행동했기 때문이다.

하지만 무영은 그들 모두를 아우른다.

어쩌면…… 그 별의 인도자가 될 운명의 무영이 있었기 때
문에 천경을 만든 게 아닐까 하는, 아니면 다른 제3자가 별
의 주인들을 모을 소지가 있기 때문이 아닐까 하는, 다소 앞
선 생각도 해보았다.

겉으로는 디아블로의 방패라지만 디아블로는 이미 마신의
영역에 들어온 탓이다.

'디아블로에 의해 마신 하우레스가 죽었다.'

마신의 영역에서.

천경이 막아도 별반 소용이 없다는 뜻이었다.

결국 막는다는 건 구실에 불과하고 따로 노리는 게 있다고
봐야 타당했다.

'별들이 모여 우주를 만든다. 새로운 창조를 뜻하는가?'

무영은 턱을 쓸었다.

어쩌면 마신들을 모두 소멸시킨 다음 무영이 해야 할 길이
제시된 것일지도 모른다.

그렇게 생각을 정리하고 있을 때였다.

〈가브리엘의 권능 '정의집행'의 결과가 추산됩니다.〉
〈별의 주인들을 구하고 마왕 소아라를 굴복시켰습니다.〉
〈순수한 신성력이 30 상승합니다.〉

무영은 스스로를 강화시킬 수 있는 방법이 많았다. 저 멀리 있는 적을 따라잡기 위해 가장 효율적인 배치를 한 것이다.

그저 달리기만 해선 그들을 따라잡을 수 없기에 강해질 수 있는 많은 방법이 필요했고 가브리엘의 권능은 그에 많은 도움을 주었다.

'남은 건 천경.'

능력치는 차차 하고, 이제 본격적으로 천경을 탐구할 때가 됐다.

무영의 예상대로 천경에게 무언가가 있다면 이 기회에 밝혀질 것이었다.

무영은 궁금한 건 길게 못 참는 성격이었으므로.

"소아라."

"……예."

몸을 부르르 떨던 소아라가 어느새 안정이 되었는지 무영의 말에 반응했다.

곧 엉거주춤 소아라가 무릎을 꿇었다.

완벽한 복종.

죽음의 예술로 인한 어둠의 힘이 소아라를 집어삼킨 것이다.

"천경에 대해서 얼마나 알고 있지?"

소아라의 눈이 무영에게 향했다.

"디아블로와 그의 추종자들이 영역 안으로 들어오지 못하게 하기 위해 고위 마신들이 직접 만들어낸……."

"그만."

더 들어봐야 시간 낭비일 듯싶었다.

결론은 하나다.

모른다는 것.

역시나 실물을 제대로 봐야 알겠다.

일전에는 자리를 피했지만 이제는 다시 끌어올 차례였다.

"소아라, 천경을 유인하도록."

"알겠습니다."

여태껏 천경을 관리하던 장미의 마왕 소아라, 그녀가 움직였다.

천경의 탄생 비화는 몰라도 이곳에 모인 누구보다 천경을 잘 다루는 게 그녀일 터.

'남은 건 타칸이 얼마나 잘 유인을 하느냐로군.'

타칸은 한숨을 내쉬었다.

불과 5만 여의 병력으로 수십만의 적과 맞서 싸우는 건 쉬운 일이 아니다.

애당초 타칸은 군주의 자격을 지니고 있었지만 병사의 지휘보단 전사계통에 통달한 탓이다.

배승민이 없었다면 진즉에 모든 병력을 잃었을 것이다. 배승민은 무사로서도 책략가로서도 썩 훌륭한 편이었다.

"끄응, 수적 열세라는 게 생각보다 크군."

추적대는 계속해서 늘어났다.

타칸은 아슬아슬한 패배를 반복하며 연이어 후퇴하는 중이었다.

그 과정에서 대략 20만가량의 적을 말살했으나 적은 이미 40만으로 불어난 상태였다.

그에 비해 타칸이 지닌 병사는 고작해야 2만.

이미 3만을 잃었다.

"여기까지가 한계인 것 같다. 본대와 합류해야 한다."

배승민이 말했다.

지금껏 버틴 게 용할 정도다. 이미 한계까지 쥐어짜 낸 것이었다.

그나마 기마병종이고, 배승민의 마법이 퇴로 등을 열어서 가능했던 일.

그러나 타칸은 마음에 안 든다는 듯이 입을 열었다.

"이대로 정말 등을 돌려야 하는 건가? 나는 아직 싸울 수 있건만."

"전쟁은 혼자 하는 게 아니다. 이대로 전멸한다면 도리어 주인님의 기대를 부숴 버리는 꼴이지. 주인님이 나를 보낸 이유가 뭐겠는가?"

정론이었다.

타칸은 머리를 긁적였다.

무영이 배승민을 붙인 이유는 모사나 마법사로서의 능력도 있지만, 아마도 이러한 때를 위해서이기도 할 것이었다.

"나 혼자 있었다면 끝까지 싸웠겠지."

"우리의 병력 상황은 여유로운 편이 아니다. 3만을 잃은 것조차 뼈아플 정도이니. 물론 3만으로 20만에 가까운 적을 격퇴한 건 충분한 공로라고 할 수 있지만, 고작 2만으로는 적들을 따돌리기도 수월하지 않을 것이다."

적은 많다.

30만의 병력도 적의 숫자 앞엔 초개와 같았다.

최대한 아끼고 아껴야 한다는 말.

타칸이 고개를 끄덕였다.

"알겠다. 그러나 나도 마냥 물러날 수는 없지."

타칸이 다시 시선을 돌려 저 멀리서 날개를 펼친 채 날아오는 악마 하나를 바라봤다.

"저놈이 머리다. 꼴에 마왕인 것 같다만 모든 움직임이 저 놈 하나에 통제되고 있다."

타칸도 놀고 있지만은 않았다.

하나처럼 움직인다면 그렇게 움직이도록 지시하는 이가 있게 마련.

지휘 계통을 최소화했을 것이다.

그리고 저 날아오는 놈이 머리다.

"저놈을 제거하면 조금 더 일이 수월하게 진행될 테지."

"시간은 끌어주마."

배승민도 동의했다.

다음 작전으로 이행하기 전에 머리는 쳐 낼 필요가 있다고.

문제는 수많은 마족을 막아내고 마왕의 격에 이른 존재를 없애야 한다는 점이었다.

"히드라, 아마데우스, 둠 나이트."

배승민은 최강의 소환수들을 불렀다.

히드라와 히드라의 머리를 재물로 소환한 마녀 베아트리체 그리고 둠 나이트!

남은 마력을 몽땅 쏟아부어 결계도 만들었다.

"길어야 10분이다. 그 안에 처치하지 못하면 바로 후퇴하겠다."

"10분이라. 불가능할 것도 없는 시간이로군."

타칸이 검을 뽑았다.

이상하게 무영의 갈비뼈를 이식받은 후로 몸이 가볍다.

순간적으로 모든 힘을 발휘하면 마왕 하나쯤은 데려갈 수 있을 것 같았다.

천경이 별의 냄새를 맡았다.

그 크기는 어지간한 섬을 뛰어넘을 정도로 커다랬다.

천경은 엄청난 속도로 다가왔다.

하지만 천경이 노리는 진짜 별은 무영이었다.

별의 인도자, 가장 밝은 두 개의 별을 소유한 데다, 그 신체의 탐스러움도 한몫했을 것이었다.

"천경은 집어삼킨 모든 것을 철저하게 분해시킵니다. 그리하여 무(無)에 가까운 형태로 만듭니다. 하지만 분해시킬 때 움직임이 크게 둔화합니다."

마왕 소아라가 설명했다.

무영은 고개를 끄덕였다. 역시 놈의 위장이 무한하진 않은 모양이었다.

천경이 오는 길에 존재하던 마족의 잔재들. 놈은 그것들을 꾸역꾸역 먹으며 성난 멧돼지처럼 달려들었다.

이대로 가만히 있다간 이곳에 존재하는 무영의 모든 병력이 천경의 입 속으로 들어갈 터였다.

저 속도 확실히 위험하다. 적당히 배부르게 하여 조금은 늦출 필요가 있었다.

"흩어져라. 놈을 유인하겠다."

수아악!

무영은 가브리엘의 날개를 활짝 펼쳤다.

그리고 누구보다 빠르게 비행하기 시작했다.

타칸은 열심히 달렸다. 2만 여의 유령 기마병들도 함께 달려 나갔다.

그 뒤를 40만의 마족이 함께하고 있었다.

"빌어먹을, 10분이 넘어버리다니!"

"덕분에 떼어내기가 상당히 힘들어졌군."

배승민은 현재 마력이 고갈된 상태였다. 저만한 대규모의 마족을 따로 분리해 낼 순 없었다.

결국 이대로 본대와 합류하여 전면전을 치르는 것밖에는 없는 듯했다.

"놈들은 약이 바짝 올랐다. 다 죽을 때까지 따라올 기세야."

마왕 하나를 처리하는 데 10분이 아니라 그 곱절이 걸렸다. 배승민도 차마 약속대로 후퇴하진 못하고 최대한 버티는 수밖에 없었다.

그 결과 지휘하는 마왕이 죽자 미친 듯이 마족들이 몰려들기 시작한 것이다.

타칸의 물음을 배승민은 긍정했다.

"본대와 합류하기 전에 병사들을 버리는 것도 고려해야 한다. 그런데 10분 안에 가능하다고 하지 않았나? 왜 그 배가 걸린 거지?"

"생각보다 셌다. 그래도 내가 이겼다!"

타칸은 가볍게 인정했다.

자신이 생각했던 것보다 그 마왕 놈이 강했다.

그간 상대했던 마왕들의 수준이라 생각하고 덤볐다가 큰 코다칠 뻔했다.

전쟁의 마신 레라지에, 그가 지휘하는 마왕들도 과연 얕볼 수 없었다.

어쨌거나 일은 벌어졌다. 타칸은 결정을 내려야 했다.

이대로는 본대와 합류해서 피해를 더 키우거나, 아니면 그 전에 따라잡혀 이러지도 저러지도 못하게 될 상황에 처할 것이다.

"배승민, 차라리 우리가 저놈들을 다 죽이는 것도……."

가장 좋은 건 2만의 병력을 버리는 것이지만 타칸은 전사다. 군주의 기질도 가지고 있다. 그러한 선택지를 고르는 게 쉽지는 않았다.

패기!

이럴 때 필요한 건 패기다.

타칸은 그렇게 생각했다.

"잠깐."

그때, 배승민이 움직임을 제지했다. 무언가를 느낀 듯 먼 곳을 바라보고 있었다.

이윽고 다급하게 입을 열었다.

"흩어져야 한다."

"뭐?"

"먹히기 싫으면 당장!"

배승민이 남은 마력을 한 톨까지 쥐어짜 내 블링크를 사용했다.

시선에 보이는 지역까지 이동하는 단거리 마법.

잠시 고개를 갸웃하던 타칸은 곧 그 이유를 깨달을 수 있었다.

"……미친! 흩어져라!"

저 멀리에서 하늘 끝까지 덮은 거대한 검은색 생명체, 천경이 이쪽을 향해 입을 벌리고 달려오는 중이었다.

타칸이 혼신의 힘을 다해 달렸다.

뼈가 달그락거릴 정도로 열심히.

방금 전의 패기는 온데간데없었다.

레라지에가 눈살을 찌푸렸다.

"소식이 늦는군."

새롭게 나타난 적. 놈들은 제법 강한 듯싶었다. 엎치락뒤치락하면서도 추격대를 무려 20만이나 줄였기 때문이다.

하지만 놈들의 전력은 분명히 한계가 있었다.

가장 아끼는 수하 마왕과 40만의 병력이면 충분할 것이라고 계산하고 신경을 접었다. 굳이 자신이 나설 필요는 없을 정도의 적 같았기 때문이다.

그레모리의 균열을 깨뜨리느라 쉽게 자리를 뜰 수도 없었다.

한데…….

'착오였나?'

지금쯤이면 승전보가 울려야 한다.

적들의 머리를 자르고 자신에게 가져와야 했다.

하지만 돌아오지 않는다. 승전보도, 하물며 패전보도 없다.

감히 최강의 추격대라 자부하는 인원이 몰살을 당했다는 건 말도 안 된다. 그만큼 압도적인 전력이었다면 굳이 어렵게 패전을 반복하며 후퇴하지 않았을 것이다.

또한 그렇다면 레라지에도 처음부터 전력을 냈을 테지.

'전투가 생각보다 길어지는 모양이군.'

레라지에가 거대한 체구를 일으켰다. 자신의 계산이 틀렸을 리는 없다.

레라지에는 '전쟁을 꿰뚫어 보는 눈'의 소유자.

전쟁이 일어나면 모든 변수를 계산할 수 있다.

그리고 누군가의 개입이 있으리란 사실도 이미 상정한 후다.

추격대 40만이면 충분하다고 판단내린 것도 이 때문이었다.

이 계산은 정확하다. 틀릴 리 없었다.

상대가 자신보다 더욱 많은 '전장'을 경험하지 않은 이상에야.

하지만 그런 자는 없다. 괜히 레라지에가 '전쟁의 마신'이라 불리는 게 아니다.

적어도 전쟁에 있어서 그는 특별했다. 전장에서 숨 쉬고 살아가는 게 그다.

적의 반항이 생각보다 격하다고 보는 게 맞을 것이다.

"균열을 부수는 속도를 늘리겠다."

레라지에는 결단했다. 그레모리를 끌어내야겠다고.

슬슬 이곳에 죽치고 앉아 있는 것도 신물이 났다. 최대한 빠르게 일을 처리하고 진짜 '전쟁'을 벌이고 싶었다.

그레모리라면 반대파의 수장격 존재이니, 전쟁을 하는 맛이 날 거다.

"그랬다간 마력을 공급하는 마족들이 버티지 못할 겁니다."

몇몇 마족이 걱정 어린 한마디를 내뱉었다.

균열을 여는 데 필요한 건 특수한 몇몇 마족의 순수한 마력이다.

한 마디로 동료라는 뜻.

레라지에는 그 마력들을 다루며 균열 속에서 '문'을 찾아낸다.

가뜩이나 한계까지 몰아붙여 마족들의 생명이 스러져 가는 중이었다.

하지만 레라지에는 아랑곳하지 않았다.

"큰 것을 위해 작은 것을 희생하는 건 타당하다. 이대로 균열을 여는 시간을 늘리면 변수만 늘어날 뿐이다."

변수는 많았다.

지금은 흩어진 반대파가 집결할 수도 있고 디아블로의 등장 가능성도 없지 않았다. 그레모리가 또 다른 수를 낼 수도 있었다.

70만의 공백이 생겨서 현재 레라지에가 가진 병력은 150만.

그다지 여유롭다고 할 수도 없는 숫자다.

혹여나, 아주 낮은 확률로 그 70만의 병사가 전멸한다면?

이제 와서 레라지에가 직접 움직이긴 힘들었다.

그럴 바엔 차라리 그레모리를 빠르게 끝장내고 다음 계획을 세우는 게 낫다.

"이 속도면 앞으로 그레모리 그년을 끄집어내는 데 65일가량이 걸릴 터. 나는 그 시간을 줄이겠다. 오늘, 균열을 연다."

다소 무리를 해서라도 열어야겠다.

65일을 줄이려면 대략 5만여 마족의 마력이 필요하단 결론이 나왔다.

하지만 65일을 줄여 기습에 성공하면 5만 이상의 이득을 볼 수 있었다.

그동안은 시간을 들여 확실하게 일을 처리하려 했지만 상황이 바뀌었다.

레라지에의 '눈'은 이 전쟁을 빨리 끝내야 한다고 말하고 있었다.

병력의 공백, 또 다른 '개입자'가 있을 가능성.

휘하의 마족들은 입을 닫았다. 레라지에의 말은 절대적이다.

그의 말은 틀린 적이 없었다.

"우리에게 필요한 건 승리다! 신세계의 창조! 바알께서 인도하시니, 우리의 번영을 위해서 우리는 패배해선 안 되는 것이다!"

레라지에가 외쳤다.

쿵! 쿵! 쿵!

마족들이 각자 든 무기를 바닥에 찍었다.

그리고 균열을 향해 몸을 던졌다.

"희생을 두려워하지 마라! 오로지 승리하는 것만이 존재의 의의일지니!"

그는 승리하기 위해 존재한다.

무한한 영광의 길을 갈고닦는 게 그의 역할이었다.

레라지에가 활을 꺼냈다.

거대하기 짝이 없는 신기(神器).

레라지에만이 사용할 수 있는 지상 최강의 활, '인페르노'다.

그가 활시위를 당겼다. 그러자 화살 대신 어마어마한 양의 마력들이 모여들기 시작했다.

스아아아아아아아앙!

모든 것을 태우고 꿰뚫는 그 힘은 아무리 균열이라 할지라도 강력한 파장을 낳는다. 레라지에와 5만여 마족의 순수한 생명력과 마력이 결집한다면 균열 자체를 깨뜨릴 수도 있었다.

'그레모리, 더는 숨어 있지 못하리라.'

레라지에의 눈이 빛났다.

오늘 문을 열고 그레모리의 머리를 낚아챈다면 더 이상의 변수는 생겨나지 않을 것이다.

툭.

이윽고, 레라지에가 활시위를 놓았다.

힘이 집약된 검은 기운의 화살이 시공을 꿰뚫었다.

그리고 균열에 닿았을 때.

쿠우우우우우우우웅!

묵직한 소리를 내며 '공간' 그 자체를 일그러뜨렸다.

노이즈로 가득한 균열은 이내 검은색 마력으로 점철되어 갔으며, 공간이 점차 확대되었다.

그리고 이내 조금씩 균열 속의 배경이 바뀌기 시작했다.

어두컴컴한 세계. 몇 개의 거대한 성이 있었다.

수많은 마족이 날개를 펼친 채 레라지에를 바라보는 중이었다.

그 중심에, 그녀가 있었다.

유일한 여성체의 마신.

그레모리!

"여전히 아름답군."

레라지에가 웃으며 말했다.

실제로 저 미모와 분위기에 현혹 된 자가 많았다.

반대파의 대다수가 그녀를 짝사랑해서라고 할 정도이니, 말은 다했다.

마신에게 사랑이라.

참으로 어울리지 않는 단어다.

"무례하군요."

약간은 초췌한 인상의 그레모리가 마침내 입을 열었다.

목소리를 듣는 것만으로도 힘이 빠질 듯했다. 신이 창조했다면 아마 가장 공을 들여서 그레모리를 창조한 게 아닐까 싶을 정도의 파괴력.

하지만 레라지에는 전쟁의 마신이다. 오로지 전쟁을 위해 존재한다. 여자의 매력 따위는 그에게 아무런 영향을 끼치지 못한다.

"쥐새끼처럼 숨어만 있는 것도 오늘로 끝이다. 그레모리여! 창피한 결과를 남기고 싶지 않다면 최선을 다해 나를 상대해야 할 것이다."

"레라지에, 바알은 우리를 다시 그 땅으로 인도하지 못합니다. 이미 죽음만이 가득한 그 땅을 다시 살릴 힘이 바알에겐 없어요. 결국엔 허황된 희망일 뿐입니다."

레라지에가 이맛살을 구겼다. 거대한 체구가 바르르 떨렸다.

"닥쳐라. 바알께선 전능하시다. 또한 우리는 진화했다. 진정한 신으로서! 이제는 돌아갈 시간이다. 이 '가짜 세계'는 더 이상 필요 없으니!"

그레모리는 처연한 눈빛을 지어 보였다.

"꿈에 갇혀 사는 건 제가 아니라 그쪽인 것 같군요."

마치 꿈을 꾸는 듯했다. 레라지에는 그만큼 맹신적이었다.

말이 통하지 않는 상태.

그레모리는 입술을 깨물었다. 그에겐 현혹의 힘도 통하지 않는다.

정면 대결……. 승산은 한없이 낮았다.

"저희가 앞장서겠습니다."

그레모리의 휘하, 26명의 마왕이 앞다투어 나섰다.

26명의 마왕과 26개의 악마군단은 그레모리가 가진 최대의 전력.

하지만 레라지에는 38명의 마왕을 휘하에 두고 있었다.

"그레모리, 그대의 죽음은 그대가 자처한 것이다."

레라지에가 활을 들었다.

억지로 균열을 여느라 가진 마력의 20%가량이 손실됐지만 그레모리를 상대하는 건 충분하다.

'전쟁의 눈'이 판단한 승률은 10할이었다.

완벽한 승리!

질 가능성 따윈 없었다.

병사의 숫자도, 질도, 마신 자체가 가진 본연의 힘도 레라지에가 월등하다.

그레모리는 전투형 마신이 아니었다. 상성도 너무나 나빴다. 그녀가 할 수 있는 건 기껏해야 레라지에의 움직임을 잠시 막는 것 정도.

"놀아보자꾸나!"

레라지에가 미소 지었다.

콰아아앙!

거대한 발걸음을 내디디려는 그 순간, 거대한 굉음이 났다.

하지만 레라지에가 낸 굉음은 아니었다.

아주 멀리서 무언가가 격돌하고 터진 소리다.

'이건?'

레라지에가 고개를 돌리자, 수백여 ㎞ 바깥에서 거대한 생명체가 엄청난 속도로 달려오고 있는 것을 느꼈다.

거대한 섬 하나가 움직인다. 하물며 이만한 존재감, 이만한 기운을 풍기는 생명체는 레라지에가 알기로 하나밖에 없었다.

"……천경."

입을 연 건 그레모리다.

그녀 역시도 다가오는 무언가를 감지한 것이다.

하지만 레라지에와 달리 '천경'만을 감지한 게 아니었다.

콰아앙! 콰아아앙! 쿠우웅!

폭발음이 계속해서 들렸다. 대지가 요동쳤다. 이제는 육안으로도 그 폭발을 확인할 수 있었다.

하지만 폭발과 함께 풍기는 마력의 향이 매우 익숙했다.

이윽고 그 대상이 지척까지 다가왔을 때, 그레모리의 눈이

미미하게 흔들렸다.

"저놈은……."

"믿기지가 않는군."

그레모리 휘하의 마왕들도 눈치챘다.

두 쌍의 날개, 회색 그 자체인 존재!

"그레모리, 넌 저것에 관해 무언가를 알고 있는 눈치로군."

레라지에가 반개하며 물었다. 그는 외부의 개입에 매우 화가 나 있었다.

그레모리가 떨리는 눈빛을 진정시키고 레라지에에게 고개를 돌렸다.

그리고 말했다.

"소개가 늦었군요. 그는……."

솔직히 아무런 기대도 하지 않았다.

균열의 파편을 모아오라고 했을 때에도 지푸라기라도 잡는 심정이었을 뿐이니.

하지만 설마 저런 존재가 되어, 그것도 천경을 끌고 올 줄은 몰랐다.

뜸을 들인 그레모리가 이어서 말했다.

"27번째, '잿빛의 마왕' 무영이라고 합니다."

쿠루루루루루룽!

검은색 번개가 휘몰아쳤다.

천경에 악에 받친 듯 그런 무영을 뒤따르고 있었다.

그리고 무영이 향하는 곳은…….

레라지에가 있는 곳.

빠드드득!

레라지에가 이를 갈았다.

무영은 결론을 냈다.

천경, 이놈은 무척이나 길들이기 어려운 놈이라고.

적어도 하루 이틀로 될 일이 아니다.

'어쩔 수 없군.'

하지만 성과는 있었다.

물경 40만의 마족을 천경은 홀로 다 먹어 치웠다.

무영을 쫓으며 그 와중에 있었던 걸 그저 삼켰을 따름이지만 효과는 대단했다.

문제는 이다음이다.

예상대로 천경의 움직임이 조금 둔해지긴 했으나 제압을 하긴 어려울 것 같았다.

'제압에 성공하더라도 회복하는 데 너무 오래 걸린다.'

앞으로는 시간 싸움이었다.

특히 그레모리가 패배하면 진짜로 끝이다.

천경을 제압하는 데 힘을 너무 많이 쓰면 정작 레라지에와 싸울 수가 없었다.

하여, 무영은 결론을 냈다.

'이대로 레라지에가 있는 곳까지 간다.'

모든 게 예상대로 흘러가면 좋겠지만 때로는 임기응변도 필요한 법.

그리고 지금으로선 이게 최선의 수였다.

무영이 제압하는 게 아니라 레라지에가 제압하도록 만드는 것!

무영은 수저만 얹는 게 가장 최고의 결과일 것이다.

크아아아아아아아!

좀처럼 무영이 잡히지 않자 천경이 괴성을 내질렀다. 그러자 천경의 몸에서 수많은 촉수가 생겨나며 무영을 노려왔다.

무영은 때로는 반격하며 적당히 거리를 유지한 채 빠르게 날았다.

그렇게 몇 시간의 사투 끝에 레라지에가 있는 진영까지 도착할 수 있었다.

'조금만 늦었어도 큰일 날 뻔했군.'

그런데 이변이 일어나 있었다.

설마 균열의 문이 깨지고 그레모리가 드러났을 줄이야.

아직 전쟁이 본격화되진 않았지만 곧 부딪힐 듯싶었다.

무영은 속도를 더욱 높였다.

그때, 그레모리와 눈이 마주쳤다.

"소개가 늦었군요. 그는······."

그레모리의 눈이 미묘하게 떨렸다.

설마 무영이 이런 시기에 도착할 줄은 몰랐다는 듯.

아니, 전혀 기대도, 기억도 못 하고 있던 이의 출현으로 인한 충격인 것 같았다.

하지만 그레모리는 계속해서 무영을 소개했다.

"27번째, '잿빛의 마왕' 무영이라고 합니다."

〈'27군단의 마왕' 퀘스트가 완료되었습니다.〉

〈27군단의 마왕의 랭크가 A+ → S로 격상합니다.〉

〈이명, '잿빛의 마왕'을 획득했습니다.〉

〈사용자 무영이 마신 그레모리의 마왕으로서 그 영향력을 발휘하기 시작했습니다!〉

to be continued